妖《あやかし》たちの祝いの品は

廣嶋玲子

危ういところを助かったものの、なかなか体力が戻らない弥助を心配した兎の妖怪、玉雪は、弥助に食べさせる雪を探すうちに、鈴白山に棲む冬のあやかし、細《ささ》雪丸《めまる》に出会う。そこで玉雪が聞いた子守唄は……「玉雪の子守唄」。鈴白山をさまよう幼い姉妹の死霊が子供を守る妖怪、うぶめに出会う「うぶめの夜」。久蔵の女房、初音姫の出産を前に、心づくしの祝いの品を贈ろうと奔走するあやかしたち。萩乃が、津弓が、右京と左京が、王蜜の君が、そして弥助が考えに考えた末に選んだ贈り物は……「祝いの品」。全六編を収録した大人気シリーズ第九弾。

物

久蔵《きゅうぞう》
太鼓長屋の
大家の息子
千弥《せんや》
太鼓《たいこ》長屋に住む
按摩《あんま》の青年
玉雪《たまゆき》
兎《うさぎ》の妖怪
梅《うめ》ばあ
梅の妖怪
梅吉《うめきち》
梅の子妖怪。
梅ばあの孫
弥助《やすけ》
千弥の養い子

登
飛黒《ひぐろ》
妖怪奉行所の
筆頭烏天狗《からすてんぐ》
月夜公《つくよのぎみ》
妖怪奉行所
東《ひがし》の地宮《ちぐう》の
奉行
津弓《つゆみ》
月夜公の甥《おい》
王蜜《おうみつ》の君《きみ》
妖猫族《ようびょうぞく》の姫
初音《はつね》
久蔵の女房《にょうぼう》。
華蛇族《かだぞく》の姫

蘇芳《すおう》
初音に仕える
下女蛙。
青兵衛の女房
青兵衛《あおべえ》
初音に仕える蛙《かえる》
萩乃《はぎの》
飛黒の女房。
初音の乳母《うば》
すずめ
姥猫《うばねこ》
左京《さきょう》（弟）・右京《うきょう》（兄）
飛黒と萩乃の双子《ふたご》の息子
雪福《ゆきふく》
化けふくろう
りん
三毛猫の妖怪
くら
黒猫の妖怪

細雪丸《ささめまる》
冬のあやかし
宗鉄《そうてつ》
化けいたち。
妖怪の医者
みお
宗鉄の娘。
半妖
宗太郎《そうたろう》
貸し道具屋
古今堂《こきんどう》の若旦那《わかだんな》
うぶめ
子供を守る妖怪
白妙《しろたえ》………鬼猿《おにざる》の長
宗右衛門《そうえもん》………宗太郎の父
玄楽《げんらく》………破戒僧《はかいそう》

妖怪の子預かります９

妖《あやかし》たちの祝いの品は

廣嶋玲子

創元推理文庫

CONGRATULATIONS ON YOUR NEW BABIES!

by

Reiko Hiroshima

2019

目次

登場人物紹介・扉イラスト　Minoru

妖怪の子預かります9

妖《あやかし》たちの祝いの品は

宗《そう》鉄《てつ》の二つ名

一

時は少し遡《さかのぼ》る。まだ凶悪なる女妖《じょよう》、紅珠《こうじゅ》が脱獄を遂げて間もない頃のことだ。

その夜も、宗鉄《そうてつ》は出かける支度をしていた。物腰の穏やかな総髪の男の姿でいることのほうが多いが、宗鉄の本性は化けいたち。生業《なりわい》は医者である。ことに鍼《はり》を使った治療では、右に出る者がいないと評判だ。

純白の作務衣《さむえ》に袖を通したところで、娘のみおが薬や治療道具が入った箱を差し出してきた。

「はい、父様」

「ああ、ありがとう。気が利くね」

褒《ほ》めると、みおは嬉しげに笑った。まもなく九歳になろうという少女の笑顔に、宗鉄の胸はぐっと温かくなる。

このみおはまぎれもなく宗鉄の娘であったが、母親は人間だ。つまり、半妖である。一《いち》時《じ》は自分の出自に悩み、父である宗鉄を嫌ったこともあったが、今は己を受け入れ、すっかり落ち着いている。最近はこうして宗鉄の身支度の手伝いもするし、往診にも一緒に行きたがるほどだ。

その夜も、みおは尋ねてきた。

「今夜は一緒に行ってもいい？」

「そうだなあ」

宗鉄は、これから向かう患者のことを、ざっと思い浮かべた。幼い我が子に、あまり惨《むご》たらしい傷口などは見せたくない。だが、今夜はそれほどひどい患者のところには行かぬ予定だ。

「いいよ。それじゃ一緒に行こうか。色々手伝ってもらうことになるかもしれない」

「やった！　ありがと、父様！」

「急いで支度をしてきなさい」

「はーい！」

みおは風のように奥の部屋に走りこみ、白い作務衣をまとって、これまた風のように戻ってきた。その顔はすっかり医者の助手らしくなっている。

もしかしたら、この子は本当に医者になるかもしれない。そうなってくれるほうが、誰それの嫁《よめ》になると言い出されるより、ずっと安心だ。

そんな親馬鹿めいたことを考えながら、宗鉄は往診用の箱を背負い、愛娘の手を取って家の外に出た。

まず向かった先は、梅の里であった。小さな里だが、二千を超える梅の木が生えており、初春ともなれば、極楽を思わせる香りをふりまくことで知られている。

そこの守り手である梅《うめ》ばあは、手のひらに載るような小さな妖怪だ。赤くてしわくちゃな顔はあまりにも梅干しにそっくりなので、見ているとどうにも口の中がしょっぱくなり、白い飯がほしくなる。

だが、今夜はその赤い顔が少し黒ずんでいた。梅の大木のうろの中で、木の葉をしいた上に横たわり、うんうんと唸《うな》っている。ぎっくり腰をやらかしてしまったのである。

孫の梅吉《うめきち》、これまた青梅そっくりの子妖は、そばでおろおろとしながらも、祖母の腰をさすったり、薬を塗ったりと介抱《かいほう》していた。「おばあが腰をやっちまった」と宗鉄に知らせたのも、この梅吉だ。

宗鉄とみおがうろをのぞきこむと、梅吉はすぐに二人に気づいた。

「あ、宗鉄先生！　よかった！　待ってたよぉ！」

「遅くなってすまなかったね、梅吉」

「こんばんは、梅吉」

「あ、みおも来たのかい？」

「うん。今夜は父様のお手伝いをするの」

みおも梅吉も、子預かり屋の弥助《やすけ》のところによく預けられるので、顔見知りなのだ。みおはさっそく尋ねた。

「梅吉は最近、弥助のところに行った？」

「うん。この前ね」

「ずるい。あたしも行きたかったなぁ」

人間でありながら妖怪の子預かり屋をまかされている弥助のことを、みおも梅吉も慕《した》っているのだ。ことにみおは、「将来は弥助のお嫁さんになりたい」などと、ほんのり思っているらしい。それが感じ取れるものだから、宗鉄は気が気ではなかった。だから、二人の会話をすぐに打ち切らせた。

「そらそら、みお。患者を放っておいて、おしゃべりだなんて、いけないよ」

「あ、ごめんなさい、父様」

「さて、梅ばあ。少し触らせてもらうからね。痛かったら、すぐにそう言っておくれ」

「お、お手数かけますねえ」

うつぶせになった梅ばあの背中や腰を、宗鉄はそっと指先で押していった。

「う、むむっ！」

「ここ、痛そうだね。こちらはどうだね？」

「そこは平気ですよ。あっ！　そ、そこだめ！　そこはだめ！」

「うーん。これはまたひどくやらかしたものだねえ」

眉をひそめる宗鉄を、梅吉は不安そうに見上げた。

「……先生、おばあ、大丈夫？」

「ん？　ああ、かなりひどいけれど、大丈夫だよ。無理をしなければ、すぐに治る。まずは鍼を打っておこう。そのあと、湿布薬《しっぷ》を渡すから。みお、箱から一番細い鍼を」

「はい、父様」

宗鉄は梅ばあの背中や首筋に、細心の注意をはらって、鍼を打ちこんでいった。

集中している宗鉄の全身からは、青い焔《ほのお》のような妖気があふれだす。だが、その姿にひるむことなく、みおは傍《かたわ》らでじっと宗鉄の手を見つめている。見て覚えようとしているのが、ひしひしと伝わってくる。それが、宗鉄には愛おしかった。

「……これでよし。あとは湿布薬だ。これを布にしみこませて、腰に貼りつけなさい。一日三回取り替えればいい」

宗鉄はおちょこほどの大きさの壺《つぼ》に、薬をわけてやり、梅吉に渡した。壺をのぞきこんだとたん、梅吉は顔をぎゅっとしかめた。

「うへ、すごい臭いだなぁ」

「色々調合してあるからね。最初に注意しておくけど、間違っても舐《な》めたりしてはいけないよ」

「こんな見るからに危なそうな色の薬、舐めたりなんかしないよ。……でも、なんかいたずらには使えそうだなあ」

「そう言うと思って、きっかり三回分の量にしておいたからね。悪たれ二つ星を甘く見ないよう、月夜公様《つくよのぎみ》にも言われているから」

宗鉄に言われ、梅吉は首をすくめた。その姿に、みおがくすくすと笑う。

ではと、宗鉄はうろから身を離した。

「また明日にでも様子を見に来るよ。それまではとにかく体を動かさないようにね、梅ばあ。その分、梅吉、おまえがしっかり看病してあげるんだよ」

「せ、先生、それはそれで不安なものがありますよぉ」

横たわったまま、梅ばあが弱々しく声をあげた。とたん、梅吉はむくれた。

「ひでえよ、おばあ！　おいらだって、こういう時くらいはちゃんとやるって！」

「そ、それが不安なんだよ。先生、明日、なるべく早く来てくださいよぉ」

「心得たよ」

笑いを嚙み殺しながら、宗鉄とみおは梅の里を立ち去った。

二

次に向かった先は、大きな池のほとりであった。みおの背よりも高い葦《あし》が生い茂っており、そこには巨大な巣があった。枯れ草や葦を積み重ねて作ったもので、馬が四頭は入れそうな広さがある。

その中央に、みおがまたがれそうなほど大きな雄鶏《おんどり》がぐったりと倒れていた。とさかは千切れかけ、立派な尾羽《おばね》も美しい翼《つばさ》の羽も、あちこちむしられて、ひどいありさまだ。

雄鶏は宗鉄達を見ると、弱々しく頭をもたげた。

「お、おう。よく来てくだされたな、先生」

「またやったんだね、朱刻《あけとき》さん」

びっくりして言葉もないみおと違い、宗鉄は平然としていた。むしろ少し苛立った顔さえしながら、雄鶏に近づいていった。

「あきれた。また夫婦喧嘩か」

「め、面目ない」

「原因は……聞くまでもなさそうだね」

「………」

聞こえなかったふりをして、雄鶏は早口で言った。

「うむむ。それより、早く手当てをしてくれい。体中、痛まぬところがないくらいなのだ」

「自業自得でしょうに。そうなるとわかっていて、あの時津《ときつ》さんを怒らせるような真似をするんだから」

言い返しながらも、宗鉄はてきぱきと雄鶏の体を調べ始めた。みおも恐る恐る近づき、父に言われるままに、針や傷薬を渡していった。

雄鶏の体は、本当に傷だらけだった。羽毛をかきわけてみれば、ぱっくり裂けた傷口なども、かなりある。そういう傷は、強い酒を振りかけたあと、さくさくと針と糸で縫いとじた。

こけえ、こけえと、雄鶏は悲鳴をあげっぱなしであった。

「こけっ！　し、染みるぞ！　酒をかける時は、ま、前もって、言ってくれと……こけぇっ！　そ、そんな、ざくざく乱暴に針を……こけっ！　こっけぇぇっ！」

「うるさいよ、朱刻さん」

「お、鬼！」

「あいにく、私は化けいたちなので。あ、みお。足のほうに水薬をしみこませた布を巻いといてやりなさい」

「はい、父様」

父を手伝ううちに、みおにもだんだん事情がわかってきた。

この雄鶏は朱刻という名で、常連の患者らしい。というのも、朱刻には時津という怖い女房《にょうぼう》がいて、年がら年中、夫婦喧嘩をしては、こてんこてんにぶちのめされているようなのだ。

喧嘩の原因はいつも朱刻の浮気らしいので、同情の余地はないなと、みおは思った。

裂けたとさかを縫い合わせながら、宗鉄も手厳しく言った。

「あんたも懲《こ》りない鳥だねえ。毎度こうなるとわかっていて、他の鳥に色目を使うなんて。ある意味、相当な度胸がある。または、とんでもなく阿呆《あほう》なのかな？」

「先生……わしは怪我をしておるのだぞ？　も、もう少し優しくしてくれても罰は当たらんのではないか？」

「治療も二十三度目となると、どうしても文句の一つや二つ、言いたくなるよ。毎回丹念に手当てしたところを、ぼろぼろにされ、また手当てをさせられる身にもなってほしいな。そら、これでいいでしょう。あとは二日ほどおとなしく寝ていれば、傷もふさがって、動けるようになるはずだよ」

そう言って、立ち上がろうとした宗鉄の袖を、朱刻はぱくっとくちばしで捕らえ、引っぱった。

「待ってくれ、先生！　今すぐ動けるようにしてもらわねば困る！」

「あんた、何を言っているんだね？」

「女房だ！　あ、あれは子を連れて、実家に戻った。さっさと迎えに行かないと、さらに猛《たけ》り狂って、余計に手がつけられなくなるだろう。だから頼む。早いところ、動けるようにしてくれい。せ、先生ならできるはずだ！　前にもそうしてくれたではないか！」

「なるほど。金丹《きんたん》をくれって言うんだね？」

だめだよと、宗鉄はきっぱりと首を振った。

「前回、金丹を飲ませたのは、傷が早く治るようにと思ったからだ。金丹は滋養強壮《じようきようそう》にいいからね。ところが、あんたときたら、他のほうに滋養が向いてしまったらしい。あのあと、私のところに時津さんが飛びこんできたよ。うちの亭主になんてものを飲ませてくれたんだ、盛りのついた猫みたいに浮気の虫がひどくなったって、私が怒られたんだからね？」

「こ、今度は決して他の鳥のところには行かん！　女房のところに行くから！」

「信用できないし、なにより私は時津さんの怒りを買いたくない。あんな怖い思いをするのは、二度とごめんだ。おとなしく二日間寝ていて、そのあと、しっかり時津さんのご機嫌取りをしなさい」

「せ、殺生な！」

「知りません。さ、行こう、みお」

こけえええと、悲痛に叫ぶ朱刻を残し、宗鉄はみおの手を引いて、さっさとその場を離れた。

みおは思わず父を見上げた。

「大丈夫なの？　金丹、あげたほうがよかったんじゃない？」

「いいんだよ。私の勘では、もうすぐ時津さんが戻ってくるはずだからね」

「えっ？　喧嘩して、怒って出て行ったんじゃないの？」

目を見張るみおに、宗鉄はくすくすと笑った。

「あのおかみさんはいつもそうなのさ。まずは朱刻さんを思いきり叩きのめし、そのあとにちょっと頭が冷えて、やりすぎたかなと心配する。で、なんだかんだと文句を言いながらも、まめまめしく介抱しにかかるんだよ。今回は徹底的に痛めつけてあったから、たぶん、すぐに戻ってくるはずさ」

「……変なの。それなら最初から喧嘩しなければいいのに」

「まあ、女心は複雑と言うからねえ」

「あたしも女だけど、全然わかんないなぁ」

「それでいい。そんなこと、みおはまだまだわからなくていいんだよ」

「そうかなぁ。……あ、じゃあ、あたしに旦那《だんな》様ができたら、わかるようになるのかな？」

「……そんなんだったら、絶対に絶対にわからないままでいるほうがいい」

食いしばった歯の隙間から、唸るようにして宗鉄は言った。

「父様？　なんで怒ってるの？」

「あ、いや、怒ってなんかいないさ。ただ、みおが旦那様だのなんだの言うのは、早すぎると思ってね。さ、この話は終いにしよう。いいね？」

「いいけど……」

「さ、次に行こう。患者が私達を待っているからね」

強引に話を切り上げ、宗鉄は娘の手を引っぱった。

三

次に宗鉄を待っていたのは、うわばみばばであった。名のとおり、漆黒《しっこく》の鱗《うろこ》に覆われた大蛇《おろち》である。だが、その頭は大きく盛り上がっていた。見事と言うしかないたんこぶができていたのである。

「こいつはひどい。おばば。いったい、どうしたんだね？　鬼と喧嘩でもしたのかい？」

「うう……そ、それが、どうしてこうなったか、さっぱりわからないんだよ」

ぐったりと地べたに伸びながら、うわばみばばはうめいた。

「昨日はさ、いつもの飲み仲間と集まって、酒盛りをしたんだよ。楽しくって楽しくって。さあ、そろそろ帰ろうってところで、ふと思ったんだ。そうだ。巣に帰るなら、そこの滝から飛びこんで、川を下っていくほうが楽じゃないかって」

「……飛びこんだんだね？」

「どうもそうらしい。気づいたら、頭が割れそうに痛くて。い、いつもの二日酔いじゃない痛みだから、先生を呼んだんだよ。ううっ。痛いよぉ」

「おおかた、滝壺の底の岩にでも頭をぶつけたんだろうね。あきれた。よく無事だったものだよ。おばばの頭が鱗で覆われていなかったら、たんこぶくらいではすまなかったはずだ」

「先生。お、お説教はあとで聞くから、今は早くなんとかしておくれな」

「まったく。朱刻さんと言いおまえさんと言い、どうしてこう懲りないんだろうね？　深酒で怪我するのはこれで十度目じゃないか」

叱りながらも、宗鉄はてきぱきと手当てを施した。うわばみばばは朱刻よりは肝《きも》が据わっているらしい。涙は浮かべたものの、手当てを受ける間、いっさい声をあげなかった。

「これでよし。今日は一日、なるべく動かないように」

「た、たとえ月夜公様に動けと言われたって、動けそうにないよぉ」

「それから酒はしばらく禁止だよ」

「ぎゃ！」

「ぎゃ、じゃない。医師の私の言うことが聞けないなら、今度はおばばがどんなに痛い目にあっても、来てあげないからね」

きっちり釘を刺し、宗鉄はみおを連れて、うわばみばばの巣穴を出た。

「やれやれ。あのおばばは本来賢い嫗《おうな》なんだがねぇ。酒がからむと、どうにも馬鹿げたことをしでかす。みお、おまえは大人になっても、なるべくお酒を飲まないようにしなさい」

「うん、そうする。滝に飛びこんで、あんな大たんこぶ作るなんて、ごめんだもの」

みおは真面目な顔でうなずいた。

そのあとも、宗鉄親子は次々とあやかし達のところを巡っていった。

足を折ってしまった豆だぬき。

喉に炭を詰まらせた火食《ひく》い鳥《どり》の雛《ひな》。

一番厄介だったのは、化け犬の治療だ。この化け犬、横着して身繕いをしばらくしなかったらしい。結果、大量の虱《しらみ》にたかられ、皮膚がただれてしまったのだ。

びっしりと産みつけられた虱の卵、そして虱に食い荒らされ、ところどころ膿《う》み始めている皮膚を見た時は、みおはもちろん、宗鉄でさえ背筋が寒くなったほどだ。

だが、ぞっとしようがなんだろうが、治療はしなくてはならない。

宗鉄は化け犬の毛を全て刈った。自慢の銀毛を失うことを、化け犬は激しく嫌がったが、問答無用である。

「毛はまた生えてくる！　だが、今ここで虱を退治しておかないと、おまえさん、いずれ痒《かゆ》みで悶《もだ》え死にしてしまうよ！」

　叱りつけ、押さえつけ、なんとか毛を刈り上げた。あとは茫然自《ぼうぜんじ》失《しつ》している化け犬を、匂いも強烈な薬湯《やくとう》に浸からせればよかった。全身をまんべんなく洗ってやると、ぼろぼろと、虱や卵が湯の中に沈んでいく。

「よしよし。これで虱のほうは大丈夫だ。あとは日に二回、この薬を塗るんだよ。そうすれば、じきにかぶれや痒みもおさまる。そうしたら、また毛も生えそろうだろうからね。これに懲りたら、今後は身ぎれいにすることを心がけることだ。わかったね？」

「……ぎゃうん」

　化け犬の毛刈りは大仕事だったので、終わった時には小腹が空いていた。

　宗鉄とみおは家から持ってきた握り飯を食べることにした。なんの変哲もない塩むすびだが、ほどよい塩気と米の甘みが、身に染みるほどおいしく感じられる。

「おいしいね、父様！」

「ああ。みおが作ってくれた塩むすびは最高だよ」

「えへへへ」

　はにかむ娘の顔を見ると、余計にうまさが増すようだった。

だが、宗鉄は握り飯をじっくり味わうことも許されなかった。今度は烏天狗《からすてんぐ》が飛んできて、仲間を助けてくれと、けたたましくわめいてきたのだ。

口をもぐもぐさせながらついていってみれば、数人の烏天狗の翼に火ぶくれができていた。武具職人あせびが新しく作った装備が、突如《とつじょ》火を噴いたらしい。これもよくあることなので、宗鉄はため息をつきながら治療に取りかかった。

「おまえさん達、もう少しあせびさんに強く言ったらどうなんだね？　こういう道具や装備の性能を自分達で試すのはやめてくれと、きっぱり断ったらいいだろうに」

「それができたら苦労はありませんよ」

「あ、あの女妖は月夜公様よりおっかないんですよ？」

勇猛果敢《ゆうもうかかん》で知られる奉行所の烏天狗達が、涙を浮かべて言うのだから、きっと本当のことなのだろう。それにしても、ちと情けないのではないかと、宗鉄は思う。

「それじゃ、私は今後もおまえさん達を治療し続ける羽目になりそうだね。そら、これで終わりだ。しばらく風呂には入らないこと。傷口を濡らすと、膿んでしまうかもしれないからね。どうしても我慢できないと言うなら、濡らした手ぬぐいで体をぬぐうくらいにしておきなさい。おや？　おまえさんはどこの子だね？」

いつの間にか、赤い鬼の子がそばにいた。口を押さえ、涙ぐんでいる。

「先生……おら、歯が痛《い》てぇ」

「やれやれ、息をつく暇《ひま》もないねぇ。どれ、口を開けてごらん。ほら、もっと大きく。……ははあ。こりゃ見事に黒いね。みお、やっとこを出しておくれ」

「はい、父様」

宗鉄が小さなやっとこを手にするのを見て、子鬼の目が丸くなった。

「せ、先生、何するつもりだか？」

「何って、痛んだ歯を抜くんだよ。他の歯が黒くなる前に、これだけ抜いてしまったほうがいいからね。ほら、もう一度口を開けて」

「…………」

「あ、こら、どこに行くんだね！　みお！　捕まえておくれ！」

親子二人がかりで逃げ回る子鬼を捕まえ、無理矢理歯を引っこ抜くのに、小半刻はかかっただろう。

わんわん泣きながら子鬼が走り去ったあと、ふうっと、宗鉄は息をついた。

まったく目も回るような忙しさだ。

みおもさすがに疲れてきたのだろう。家に帰りたそうな顔つきになって、父親を見上げてきた。

「次はどこへ行くの？」

「いや、今夜はもう誰にも呼ばれていないんだ。でも、家に帰る前に鬼猿《おにざる》の洞窟《どうくつ》に寄っていこう。傷を清めるための火酒《ひざけ》が足りなくなっているからね」

「あたし、鬼猿の洞窟に行くのって、初めて！」

「そうかい。それなら、鼻に詰め物をしておいたほうがいいかもしれないね」

「ん？　詰め物って、なんで？」

「すぐにわかるよ」

宗鉄はふふふと笑ってみせた。

四

大きく広い洞窟の中は、むわっと暖かく、しっとりと湿っていた。そして、濃密な酒の匂いに満ちていた。

空気を吸っただけで、濃い甘い酒をたっぷりと飲みこんだような心地となる。

慌てて袖で口と鼻をかばうみおに、宗鉄は笑いながら手ぬぐいを出して、みおの顔を覆ってやった。

「……すごいところね、父様」

「ああ。なんと言っても、鬼猿達の住まいだからねえ」

酒鬼《さけおに》と鬼猿は、妖怪の中でも無類の酒好きで知られている。当然ながら、酒造りの名手でもある。

ただ、酒鬼が人間の酒蔵に隠れ潜むのに対して、鬼猿は天然の洞窟を好む。そして、岩の溝やくぼみに水を溜め、山葡萄《ぶどう》などを熟成させて、酒を造るのだ。

ここの洞窟も、あちこちにくぼみがあり、棚田のようになっていた。ただし、張られているのは水ではなく、酒なのだという。なるほど、強烈な匂いがするのも当たり前だと、みおは納得した。

と、真っ白な大猿が現れた。腰に色鮮やかな帯を巻き、口元に紅を塗っているところがなまめかしい。

「こんばんは、白妙殿《しろたえ》」

「おや、また来なすったか」

白妙と呼ばれた猿は、柔らかな女の声で答えた。みおを見ると、その目は笑いを含んで細まった。

「これはまた、珍しい相方を連れているのぅ。先生の子かえ？」

「そう。娘のみおですよ」

「こんばんは」

「あい、こんばんは。いい子じゃねぇ。目が先生にそっくりだ」

白妙はここに住まう鬼猿達の母であり長なのだという。

「あいにくと、皆は餌を取りに行っておる。もてなし一つ、ままならぬが……先生はいつものをご所望かえ？」

「そうです。いただけるかな？」

「いいともさ。夏だから、あんまり飲み口はよくないが、強いことは強い。先生にはもってこいだろうねぇ」

白妙は身軽に奥へと走っていき、小さな池に壺を沈めて、酒を汲み上げた。

「そら、これでどうだえ？」

壺の酒を一舐めし、宗鉄はうなずいた。

「いいですね。舌が焼けるようだ。傷を洗うのにはもってこいですよ」

「ふふふ。冬になったら、今度は上等の酒を届けるよ。そっちはちゃんと飲んでおくれな」

「それは嬉しいですね。楽しみにしています。じゃ、行こうか、みお」

そうして親子は鬼猿の洞窟をあとにした。

「さてと、それでは帰ろうかね。みおもそろそろ疲れただろう？」

「ううん。まだまだ平気だよ、父様」

「いい子だ。あ、そうだ。妖菓子屋の鬼灯堂《ほおずきどう》にでも寄って、地獄まんじゅうでも買っていこうか？」

「あれ、大好き！」

「よしよし。それじゃさっそく行こう」

だが、二人は鬼灯堂には行けなかった。突然、空から声が降ってきたのだ。

「ああ、ここにおられたか、宗鉄先生！」

二人の頭上には、大きな純白のふくろうが飛んでいた。みおはおろか、宗鉄よりも大きなふくろうである。

「雪福《ゆきふく》さんじゃないか。どうしたね？」

「わしと来てくだされ！　怪我人が出ました！」

ふくろうの言葉に、宗鉄の顔が引き締まった。化けふくろうの雪福がこんな切迫した声を出すのだから、これは相当危うい怪我人と見て間違いない。

思わず娘を見た。

「みお、一人で家に戻れるかい？」

「……一緒に行きたい」

「…………」

「お願い、父様。役に立つから」

「……わかった。では行こう。雪福さん、娘も一緒に運べますか？」

「造作もないことですよ」

ひゅっと雪福は下降してきた。その背に、宗鉄はみおと共に飛び乗った。

二人を乗せても、雪福は揺らぎもせずに翼を動かし、音もなく夜空を飛び始めた。あっという間にいくつかの山を越えた。そして、流れのゆるやかな幅広の川のそばに、雪福は舞い降りたのだ。

川原の石は丸く、小さなものばかりだ。月の光を受けて、ほの白く光っている。だが、その白さを汚すものがあった。どす黒いしぶきがあちこちに散っているのだ。

独特の金臭さを嗅ぎ取り、みおはすぐに悟った。

血だ。誰かが大量に血を流している。

みおは血のあとを目で追っていった。すると、向こうに数匹のあやかしが集まっているのが見えた。

あそこだ。

みおが悟った時には、宗鉄はすでにそちらに走っていた。

「あ、宗鉄先生!」

「早く早く!」

「血止めをしようとしたんだけど、どんどん傷が出てきて、間に合わないんだ!」

口々に叫ぶあやかし達を押しのけ、宗鉄は患者を見た。

そこに倒れているのは、畳一畳《たたみいちじょう》分はありそうな大きな白い兎《うさぎ》だった。ふかふかの毛は赤く濡れていた。あちこちに深く裂けた傷口がのぞいており、そこから血があふれている。

「これは……玉雪《たまゆき》さんか！」

「そうだよ！」

「着物を洗いに、この川に来たんだ。この前、怪我して、着物がすっかり血で汚れちまったからって。おいらが、怪我はもう大丈夫なのかいと聞いたら、月夜公様に治していただいたから平気だって。そう答えたあと、いきなり倒れて苦しみだしたんだ」

「どんどん傷ができて、血がはじけて……お、恐ろしかったよぉ」

「助けてやって、先生！」

「わかった。わかったから、みんな少し離れていておくれ。みお！　みお、薬の準備だ。あと、布もありったけ用意しておくれ」

だが、みおはすぐには動けなかった。玉雪の体に刻まれた傷に、おののいてしまったのだ。

生まれて初めて見る、生死に関わる深手だった。あまりにも鮮烈で、強烈で、残酷で。

しかも、相手は顔見知りだ。

玉雪。弥助に預けられていた時に、ずいぶん世話になった女妖だ。ふっくらした顔にいつも笑みを浮かべ、みおに優しくしてくれた。

その玉雪が、今、血まみれで倒れている。本性である兎の姿に戻ってしまっているのは、それだけ力を失っているという証拠だ。

体がこわばって、動けなかった。血の臭いに、頭の奥がくらくらとする。

だが、怯えるみおを、宗鉄は鋭く叱りつけた。

「みお！　何もできないなら、後ろに下がりなさい！」

この一言に、みおは我に返った。

父の仕事は命を救うことだ。いずれは自分もそうなりたいと思っている。だから、助けなくては。玉雪を助けなくては。

みおはようやく動きだすことができた。いつもよりもぎこちなかったが、それでもなんとか手当ての支度を整える。

その間に、宗鉄は玉雪の体を調べていた。どの傷もひどい。まるで無数のかまいたちに襲われ、引き裂かれたかのようだ。

と、また血しぶきがあがった。今度は玉雪の前足がぱっくりと裂けたのだ。

ひええっと、あやかし達が悲鳴をあげた。

「せ、先生！」

「これはいけない。体の中で、何かが暴れ回っているようだ。そいつを外に出さないと」

だが、出血がひどすぎる。先に血止めをしなければ、体内のものを突き止め、取り出す前に、玉雪の命が尽きてしまう。

宗鉄は娘を振り返った。青ざめた顔をしながらも、みおはしっかりと宗鉄を見つめ返した。これなら大丈夫と見極め、宗鉄は手早く言った。

「私はこれから玉雪さんの体に入りこんだものを取り出すのに、全力を注ぐ。みおは他の傷の手当てにかかってほしい。深すぎる傷はとりあえず縫っておくれ。……できるね？」

「そ、そんな先生！」

「こんな小さな娘さんに、む、無理ですよぉ」

あやかし達がまた騒いだが、宗鉄は娘だけを見ていた。

みおはうなずいた。

「やる。できるよ、父様」

「よし。針と糸はそこにある。針は鬼猿の酒に浸してから使うこと」

「はい」

「頼んだよ」

そう言うと、宗鉄は目を閉じ、玉雪の体に手をかざしたまま微動《びどう》だにしなくなった。その体からは青い焔が立ちのぼりだした。あらゆる感覚を研ぎ澄まし、玉雪を殺そうとしているものを見つけ出しにかかったのだ。

父の邪魔にならないよう、みおはできるだけ気配を殺しながら、玉雪の傷を見た。

父から太い血管があるところは教えられている。首や胸元、手首や股《もも》の付け根。そうしたところに傷ができ、血管が切れてしまうと、大量に出血してしまう。

幸いなことに、玉雪の傷は急所にはなかった。だが、太股の傷は深い。そこから始めようと、みおは針と糸を手に取った。

手と針を酒で清め、傷口にも振りかけてから、震える手で縫っていった。

ぷつ、ぷつ。

針先を突き立てるたびに、なんとも言えない感触が全身に伝わってくる。なんて重いんだと、みおは心の中で泣きそうになった。

傷口を縫う練習は、ずっと前からやっていた。医者になりたいと言ったところ、父に水に濡らしたなめし革を渡され、これを毎日縫い合わせるようにと言われた。だいぶ手早く上手にできるようになり、父にも褒めてもらって、自信もついていたのだ。

だが、なめし革にはこんなに重い肉の感触はなかった。あふれる血の臭いもだ。血で手が滑り、何度も針を落としかけた。

だが、なんとか一つ目の傷を縫い合わすことができた。河童《かっぱ》の膏薬《こうやく》を塗れば、みるみる癒《い》えていく。

それを見て、やっとみおは本来の自分を取り戻した。

やれる。助けてみせる。

今度はすぐさま別の傷に取りかかった。もうひるむことはなかった。

だが、三つ目の横腹の傷を縫おうとした時だ。ふいに、気を失っていた玉雪が薄く目を開けたのだ。

かすかに唸るのを聞き、みおははっとして顔を寄せた。

「玉雪さん？　気づいたの？」

「い、わ……」

「何？　何か言った？」

「いわ、ないで……や、弥助さんには、こ、このこと、言わないで。か、悲しむから」

だが、みおがうなずくよりも先に、玉雪はぎっと異様な叫び声をあげ、ふたたび気を失ってしまった。その体が大きく跳ねる。

こんなに激しく動いたら、傷口が余計に開いてしまう。

みおはとっさに玉雪に飛びつき、体を押さえようとした。

その時だ。それまで動かなかった宗鉄が、かっと目を見開いた。

「ぬっ！」

気合いを発し、宗鉄は目にもとまらぬ速さで玉雪の腰に鍼を打ちこんだ。

玉雪の痙攣《けいれん》が一瞬にしておさまった。だが、腰に打ちこまれた鍼は、宗鉄が手を離したあとも、びりびりと震えていた。まるで、鍼の先に何かが留められており、激しく暴れているかのようだ。

宗鉄は鍼が刺さっている箇所を注意深く切り開いた。そうして取り出した鍼の先には、やはり何か小さなものがあった。細い鍼に貫《つらぬ》かれ、血にまみれながら、悔しげにうごめいている。

「何？　む、虫？」

「いや、違うようだ」

水を振りかけて血を洗い流すと、正体が明らかになった。

「これって……爪《つめ》？」

「そうみたいだね」

そう。それはどう見ても爪だった。薄く、細く、先が尖った紅色の爪。こんなにも小さいのに、ぞっとするような嫌なものを感じさせる。

「これは……あとで月夜公様にお見せしたほうがよさそうだ」

宗鉄は小さな箱に鋮ごと爪をしまい、しっかりと封をした。それからみおにうなずきかけた。

「よくやったね。さあ、残りの傷も縫ってしまおう」

「はい、父様」

親子はふたたび玉雪の手当てにかかった。もはや新たな傷ができることはなかった。

五

それから半刻後、宗鉄は小さな座敷《ざしき》にいた。

調度品のほとんどない殺風景な座敷の上座には、妖怪奉行、月夜公が座していた。三日月を思わせる怜悧《れいり》な美貌《びぼう》の半分を赤い般若面《はんにゃ》で隠し、長い白髪を結わずになびかせた大妖は、ただ座っているだけでも圧倒的であった。だが、その顔色は冴《さ》えず、何かに苛立っているかのように引きつっていた。

宗鉄が玉雪の体から出てきたものを見せ、件《くだん》の出来事を話していくと、月夜公の顔は見る間に苦り切っていき、切れ長の目には怒りがたぎり始めた。自分に向けられた怒りではないとわかっていても、宗鉄は身が縮む思いだった。

「……というわけなのでございます。一応、月夜公様にお見せしたほうがよいと思い、こうして持ってまいったのですが……」

「……それでよかったのじゃ」

うめくように月夜公は言った。

「これは吾《われ》が追っているあやかしのかけらじゃ。これは……紅珠のものに間違いあるまい」

「先日脱獄したという女妖でございますね？」

「そうじゃ。あの女は吾が甥の津弓《つゆみ》を追って、弥助のもとに行き、そこで玉雪を傷つけた。その傷は吾が治したが……まさか、爪が残っていて、それがふたたび玉雪を引き裂きにかかるとは」

油断した。忌々《いまいま》しい。

憎々しげに爪を睨《にら》む月夜公に、宗鉄はぽつりとつぶやいた。

「残酷です」

傷が癒えたと思わせたところで、体内に入りこんだ爪が暴れだし、死に至らせる。獲物を二度苦しめようとする、残忍で卑劣《ひれつ》なやり口だ。

今回のことだけでも、紅珠という女妖の魂《たましい》のありようがわかる。最愛の甥も狙われているというのだから、月夜公の顔がいつも以上に険しくなるのも無理はない。

これが自分であったらと、宗鉄は身震いした。こんな強敵に一人娘のみおを狙われたら、心配で心配で気も狂わんばかりになっているはずだ。

「津弓君は？　お屋敷におられるのですか？」

「ああ。紅珠を捕らえるまでは外には出さぬつもりじゃ。……それで、玉雪はいかがした？」

「私の家に運びました。しばらくは静養してもらおうと思います」

「それがよいな。すまぬが、今度こそしっかり癒やしてやってくれ」

「言われるまでもないこと。それが仕事でございますから。では、私はこれにて失礼を」

宗鉄はそそくさと立ち上がった。

危険な女妖が野放しになっている。それがどれほど邪悪《じゃあく》なものであるか知った今は、一刻も早く家に戻りたかった。みおを一人にしておきたくない。

そんな宗鉄を、月夜公は呼び止めた。

「……宗鉄」

「はい？　なんでございましょう？」

「そなたの家に、あとで護衛の烏天狗をつかわす。執念深い紅珠のことじゃ。もしかしたら、玉雪をまた狙うかもしれぬ」

「玉雪さんをですか？」

宗鉄は解せなかった。確かに紅珠は玉雪を二度傷つけた。だが、顔なじみというわけでもなし、そこまで付け狙うような恨み辛みはないはずだ。

怪訝《けげん》な顔をする宗鉄に、月夜公は苦く笑った。

「玉雪に何かあれば、弥助が悲しむ。あの小僧が悲しめば、その養い親は不様なほど取り乱すであろう。……紅珠は千弥《せんや》を憎んでおる。骨の髄《ずい》までな」

「千弥様を?」

「ああ。やつを苦しめるためなら、なんでもするはずじゃ」

その理由を、月夜公は話さなかった。かわりに、静かに言った。

「心配せずともよい。これ以上の犠牲は出させぬ。すぐにけりをつけてくれるわ」

まるで自分自身に言い聞かせるように言う月夜公に、宗鉄は一礼をして退室した。


家ではみおが待っていた。

「お帰りなさい、父様!」

「ああ、ただいま」

飛びついてきたみおをぎゅっと抱きしめながら、宗鉄はすばやく家中の気配を探った。

よし。おかしなものが入りこんだ様子はなさそうだ。

ほっと一息つきながら、尋ねた。

「どうだね、玉雪さんの様子は？」

「大丈夫。みんなに奥の部屋に運んでもらって、そこに寝かせたの。あれから一度も暴れてないし、血も止まってる」

「そうか。どれ、診てみよう」

みおが言ったとおり、玉雪の血はすでに止まっていた。どの傷も癒え始めており、呼吸も落ち着いている。まだ人形《ひとがた》には戻らず、意識も失ったままだが、その口から悲鳴やうめきがもれることはない。

こんこんと眠る玉雪に、蜜《みつ》を溶かしたお湯を飲ませたあと、宗鉄はそっとみおを抱き寄せた。

「今日は怖かっただろうね、みお？」

「……うん。怖かった」

「そうだろうね。でも、医者となると、こんなのはしょっちゅうなんだよ」

毒に冒された血に触れることも、病による膿をかぶることもある。痛みで錯乱した患者が暴れ、こちらに襲いかかってくることもある。

医者とは危険がつきものの仕事なのだ。

そう話し、宗鉄は娘の目をのぞきこんだ。

「医者になるのが怖くなったかい？　やめたいなら、もちろん私はかまわない。これからは夜は弥助さんのところで待っているといい」

　みおの目が揺れた。

　やがて、みおはぽそぽそと心の内を打ち明け始めた。

「今日、すごく怖かった。あんなに血を見たことって、なかったんだもの。帰ってきて、手を洗ったけど、爪の中にも玉雪さんの血が入りこんでて、なかなか落ちなくて。き、傷を縫ってた時も、もうやだって、ちょっと思った」

「………」

「でもね、玉雪さんを見て、もっと怖くなったの。父様ならもっと早く、もっときれいに傷を縫えたのに。あたしのせいで、た、玉雪さんが死んだら、どうしようって」

「みお……」

「だから、やっぱり父様の手伝いをしたい。いろんなことをもっと上手にできるようになりたい。……また一緒に連れて行ってくれる？」

　ふうっと、宗鉄は息をついた。今夜の出来事で、てっきり嫌気がさしたかと思いきや、みおは一皮剝けたようだ。

　少し頼もしくなった娘に、宗鉄はにっこり笑いかけた。

「いいとも。それじゃ、これからはなるべく多く、みおを色々な患者のところに連れて行ってあげるよ。言っておくが、父様は師匠としては厳しいからね」

「うん！　あたし、がんばるもの！」

「ははは。頼もしい返事だ。……しかし、前から聞きたかったけれど、どうしてそんなに医者になりたいんだね？」

ぱっと、みおの小さな顔に朱がさした。

「だって、医者になったら、弥助の役に立てるもの。役に立つってわかったら、弥助、みおのことをお嫁さんにしてくれるかもしれないでしょ？」

「……ちょっと父様、弥助さんのところに行ってくるよ」

「え、今から？」

「そう。今すぐ行かなきゃならない。……いや、もう少しあとだね。じきにね、月夜公様が烏天狗達をつかわしてくださるそうだから、そのあとに出かけるとしよう」

「烏天狗がうちに来るの？」

「そうだよ。これからしばらくうちを守ってくれるそうだから、父様も安心して出かけられるというものさ。みおはここに残って、玉雪さんを看病していておくれ」

「……父様？　怒ってるの？」

「怒ってなんかいないよ。ははは。全然怒ってなんかいるものか」

宗鉄は引きつった笑みを浮かべてみせた。そして烏天狗達がやってくると、それと入れ違うようにして家を飛び出していったのだ。


その夜のことは、あやかし達の間では後々までの語り草となった。

弥助のいる太鼓《たいこ》長屋に「うちの娘をたぶらかすな！」と怒鳴りこみに行こうとした宗鉄は、ちょうど太鼓長屋周辺を警備していた烏天狗の一隊に食い止められてしまったのだ。ただでさえ紅珠の襲撃を警戒している烏天狗達が、怒気もあらわにしている宗鉄をあっさり通すはずがない。

だが、我を忘れている宗鉄に、その道理は通じなかった。そのまま通せ通さぬのつかみ合いの大騒動へと発展し、はては月夜公の右腕、飛黒《ひぐろ》までがその場に出張らねば治まらない始末。

捕縛術によって取り押さえられた宗鉄には、「親馬鹿医者」という二つ名が、与えられたのであった。

玉雪《たまゆき》の子守唄

一

その年の夏は、ひどい猛暑であった。風はなく、どろどろと体が溶けてしまいそうな暑さがのさばり、夜でさえも息苦しい。

「こいつぁたまらん」

「茹《ゆ》であがっちまうよぉ」

威勢のいい江戸っ子達ですら、動きも声も弱々しくなったほどだ。

だが、兎《うさぎ》の女妖《じょよう》、玉雪は暑さも吹き飛ぶような喜びに浮かれていた。月夜公が紅珠を仕留めたとの知らせを耳にしたからだ。

執念深く弥助を狙い、その命を脅かした恐ろしい紅珠はもういない。あの子はもう安全なのだ。

玉雪にとって、弥助は特別な子だった。自分の身よりもずっとずっと大切で愛しい。本当はずっとそばにいたいくらいだ。

だが、妖力が弱い玉雪は、昼間は兎の姿に戻ってしまう。人の世界に生きるには、弥助によりそうには、中途半端な存在でしかない。だから、夜な夜な太鼓《たいこ》長屋を訪れ、子預かり屋を手伝うという名目で、弥助と触れ合うしかないのだ。

しかもこのひと月あまりはそれも満足にできなかった。紅珠が襲撃してきたからだ。弥助をかばったことで、玉雪はひどい傷を負った。そのことはかまわなかったが、紅珠は玉雪の体に爪《つめ》を残していき、再度それが体を引き裂いた。

幸いにして命を取り留めたものの、完全に癒《い》えるまでは弥助のもとには行けなかった。このことを知ったら、弥助は「俺のせいだ」と嘆き悲しむに違いない。かわいい子供を悲しませたくない。

だから、会いたいのを我慢して、玉雪は傷を癒やすことに専念したのだ。

ところが、やっと傷を癒やして弥助のところに戻れたと思ったら、今度は強固な結界が太鼓長屋のまわりに張られてしまった。紅珠を恐れた千弥が、月夜公に頼んで結界を強めさせたのだ。

全ては弥助を守るため。

玉雪は閉め出され、また弥助に会えなくなってしまった。もっとも、その結界も狡猾《こうかつ》な紅珠には効果なく、弥助は毒を盛られてしまったのだが。

だが、全ては一件落着したのだ。強固な結界も、もう解かれたはず。今夜からまた弥助のそばにいられる。

そう思うだけで、心が浮き立った。

夜を待ちわび、日が暮れるのと同時に、玉雪は太鼓長屋へと向かった。

ところがだ。久しぶりに会う弥助は、ぐったりと横になっていた。

「や、弥助さん！」

手土産《みやげ》に持ってきた夏みかんをばらばらと取り落とし、玉雪は弥助に駆け寄った。

「ど、どうしたんです？」

「ああ、大丈夫だよ。ただの暑気あたりだからさ」

玉雪を安心させるように、弥助は笑いながら言った。だが、その顔色は悪く、少し痩せたようだ。

弥助の傍《かたわ》らに座り、うちわで風を送っていた養い親の千弥が思いきり顔をしかめた。

「大丈夫なものか。こんなに痩せてしまって。……もしかしたら、毒がまだ残っているのかもしれないよ。もう一度、月夜公を呼んで、調べてもらおうかね？」

「そんな用で呼び出したら、月夜公が怒るよ。そもそも、もう問題ないって、太鼓判を捺《お》したのは月夜公なんだよ？　吾《われ》の見立てを信用しないつもりかって、来てくれないんじゃない？」

「それじゃ宗鉄を呼ぼうか？」

「それもごめんだなぁ。なんか、宗鉄さんには目の敵にされている気がするし。これ以上鍼《はり》を打たれたり、苦い薬を飲まされたりするのはやだよ」

「むぅ……」

押し黙る千弥の横から、玉雪はおずおずと弥助に話しかけた。

「あのぅ、本当に大丈夫なんですか？」

「平気だって。ちょっとだるくて、あんまり食い気がわかないだけだからさ」

「そ、それじゃ、あのぅ、ごはんを食べていないんですか？」

「小さな赤ん坊じゃないんだから、一日、二日、腹一杯食わなくたって、死にゃしないって。二人とも、頼むからそんなに心配しないでよ。この暑さに体が慣れれば、すぐによくなるからさ」

弥助はあくまで楽観的であったが、玉雪はぎゅっと自分の手を握った。

暑さばかりが原因ではあるまい。もともと、弥助は弱っていたのだ。邪悪《じゃあく》な紅珠に狙われているという恐怖。気を抜くことができない緊張感。そうしたものは体を蝕む。

さらには、毒を盛られ、危うく命を落としかけた。無事に解毒したとは言え、体には泥のように痛手がへばりついているはず。元通りになるには、時間がかかるかもしれない。

何かしてあげたい。自分に何ができるだろう。

だが、思い悩む玉雪に、千弥は無情に言ったのだ。

「ということで、弥助は休まなくちゃならない。玉雪、もうお帰り」

「えっ？」

「この子が元気になるまで、子預かり屋もしばらく休業だ。おまえに手伝ってもらうようなこともないだろうからね。だから、もう帰りなさい」

「そんな。せめて、看病を」

「必要ないよ。弥助には私がついているんだから」

看病の役目はこれっぱかりも譲る気はない。

はっきりそう言って、千弥は玉雪を外へ押し出した。

追い出され、ぴしゃりと戸を閉じられ、温厚な玉雪もさすがに憤慨《ふんがい》した。

千弥が弥助を溺愛《できあい》していることは、誰もが知っている。だが、自分だって同じほどに弥助を大切に思っているのだ。独り占めはずるいと、正直思った。

だが、大声で叫ぶのもつかみかかるのも、玉雪の性分ではない。騒ぐかわりに、もう一度考えた。

弥助のために何かしたい。何かしなければ。そうだ。贈り物はどうだろう？　火照ってしまった体を冷やすものを、何か今の弥助が喜んで食べてくれるようなものを見つけてこよう。

即座に脳裏《のうり》に浮かんだのは、雪だった。

去年、初雪が積もった時、弥助は大喜びして犬の子のように雪の中に突っこんでいった。そして、大きく雪をつかみとり、ばくりと、頬張ったのだ。

「俺、雪を食うのも好きなんだよね」

白い歯を見せて笑った弥助の、なんとかわいかったことか。

ああ、そうだ。弥助に雪を運んでやろう。真っ白で、さらさらときれいで、冷たい冷たい雪を見つけてきてやろう。そうしたら、きっと喜んでくれる。「うわ、冷てぇ」と、嬉しそうに笑ってくれるに違いない。

玉雪はすぐさま鈴白山《すずしろやま》へと向かった。頂《いただき》高きこの山は、真夏でも雪が残っている。それをかき集め、弥助のもとに運ぼうと思ったのだ。

だが、行ってみると、山頂に残っている雪は本当にわずかだった。しかも、一度溶けてまた凍ったものなのだろう。雪と言うより、細かな氷の塊《かたまり》となってしまっており、砂塵なども混ざっていて、汚らしい。

これではとてもではないが、弥助に食べさせるわけにはいかない。

玉雪はがっかりした。

もっと北のほうまで行ってみようか。しかし、あまり遠くまで行ってしまうと、その分、弥助から離れることにもなる。それはなんだか落ち着かない。

悩みながらも山頂をうろうろとしていた時だ。玉雪は歌声を聞いた気がした。同時に、冷たい風がふわりと吹いてきた。

思わず風を追っていくと、岩場にぱっくりと開いた裂け目を見つけた。

裂け目はかなり深いようで、風はその奥からやってくる。歌声もだ。

誰かいる。恐らく、あやかしだ。

玉雪はかすかな妖気も嗅ぎ取っていた。

普段の玉雪ならば、決して裂け目には入らなかっただろう。縄張り意識が強いあやかしは、勝手に住処《すみか》に入られるのを好まない。力の弱い玉雪にとっては、どんな相手も危険だ。

だが、裂け目からは冷たい風が吹いてくる。この冷たさは普通ではない。もしかしたら、氷があるかもしれない。雪でなくても、つららや澄んだ氷ならば、弥助は喜んでくれるかもしれない。

その一心で、玉雪は裂け目を降りていった。用心深く、気配を殺しながら進んでいくと、空気はますますひんやりとし、終いには鼻先や指先がちりちりとしてきた。
例の歌声も、はっきりと聞こえてきた。

さらら、さららと、雪が降る
白い山を守るのは、雪より白い細雪丸《ささめまる》
そらそら、吹雪が呼んでいる
あっちで子供が凍えてる
こっちで子供が雪まみれ
走れ、走れ、細雪丸
子供を助けて春を待て
さらら、さららと、雪は降る
春まで積もる雪なれど
凍えることはあるまいぞ
細雪丸がおるなれば
細雪丸がおるなれば

きれいな声だ。邪悪な気配は感じない。

思わず玉雪が聞き入っていると、ふいに歌が止んだ。かわりに、打って変わって鋭い声が響いてきた。

「誰だ！」

玉雪は思いきって、岩陰から身を乗り出した。

少し先に、一人のあやかしがいた。

二

見た目は十二、三歳の少年に見えた。ふわふわと空気に漂うような薄い衣をまとっている。雪のように真っ白な肌の上に、透き通るような青い鱗《うろこ》模様が走っている。目は氷を思わせる青色だ。

その目を見れば、わかった。この少年は玉雪よりもずっと年を経てきたものだ。

警戒もあらわにこちらを睨《にら》んでくるあやかしに、玉雪は勝手に入りこんだことを丁重にわびた。

「まことに申し訳ございません。あたくしは、あのぅ、玉雪と申します。勝手に入ってきてしまったことはおわびいたします。あのぅ、あまり歌声がきれいだったものですので……ついつい惹かれて、ここまで来てしまいました」

凍てついていたあやかしの顔に、嬉しげな笑みがさざ波のように広がった。

「きれいだったか？」

「あい。とても」

「そうだろうそうだろう。昔、俺のために作られた歌なんだ。俺だけの歌なんだ」

あやかしは、細雪丸と名乗った。

「俺は冬のあやかしだ。古くからこの山に住んでいる」

「それは、あのぅ、存じませんでした」

「それはそうだろう。俺は冬しか外に出ないからな。雪や氷がない間は、じっとこの洞で過ごすことにしている。知らないやつが多くて、当然だ」

「……では、一年のほとんどを一人で、あのぅ、過ごされているのですか？　それは寂しくはありませんか？」

「そうでもない。冬は俺にとっては忙しい時期だからな。あとの季節をここでのんびりするのもいいものだ。それに、ここは暮らしやすい。夏の息吹も、ここには入りこまないし、冬の間に溜めこんだ雪もたっぷりあるから、ひもじい思いもしないですむ」

玉雪ははっとした。

雪？　今、細雪丸は雪と言っただろうか？

「あのぅ、雪があるのですか？　この洞窟《どうくつ》の中に？」

「あるぞ。見るか？」

「あ、あい！」

自分の歌を褒《ほ》められたのがよほど嬉しかったのか、細雪丸は洞窟の奥まで玉雪を案内してくれた。

そこは雪で満たされていた。どこまでも白く、さらさらとしていて、まるで積もったばかりの新雪のようだ。

目を見張る玉雪の前で、細雪丸は雪の中に手を突っこみ、つかみとった雪を握り飯のように頬張ってみせた。

「春から秋にかけての俺の糧《かて》だ。冬の間に溜めておく。どうだ？　なかなかのものだろう？」

「あい。本当に」

玉雪の声は興奮でうわずっていた。ここにあるのは、まさしく玉雪が探し求めていたものだ。これをぜひとも弥助に届けたい。

「細雪丸さん。あのぅ、この雪を少しいただけませんか？」

「おまえも雪を食うのか？」

「いえ、あたくしではなくて……あたくしが大事にしている子にあげたいんです」

「おまえの眷属《けんぞく》か？」

「いえ、あのぅ、人間の子です」

言ったあとで、玉雪はしまったと思った。

あやかしの中には人嫌いなものもいる。大切な雪を人間などにやれるものかと、細雪丸が機嫌を損ねてしまったら、どうしよう？

恐る恐る見てみれば、細雪丸の顔からは笑みが消えていた。だが、そこに怒りの色はなかった。

「人間を大事にしているのか、おまえは？」

「あ、あい」

「……その子供は、おまえの正体を知っているのか？」

「あい。正真正銘の人間ですけど、あのぅ、妖怪との関わりを持つようになった子なんですよ」

少しだけ、玉雪は弥助のことを話した。細雪丸は興味深そうに聞いていたが、弥助がうぶめの手伝いをしていると聞くと、はっとしたようだった。

「うぶめか……」

「え？」

「いや……外では色々とおもしろいことがあるのだな。冬山しか知らない俺には、思いもしないことばかりだ」

細雪丸は少し寂しげに、後ろに積んだ雪を眺めた。

「あのぅ……」

「ああ、雪をわけてくれって話だな？　そうだな」

ふいに、細雪丸がいたずらっぽく笑った。

「冬のものである俺は、温かいものにはいっさい触れられない。だが、俺は温もりというやつが好きでな。おまえがそれを俺にくれるなら、雪は好きなだけわけてやる」

どうだと言われ、玉雪はすぐにうなずいた。とにかく雪がほしかったからだ。

とは言え、これはなかなかの難題だった。温もりと言っても、触れ合うことで感じるものではないだろう。細雪丸が求めているのは、きっと、心で感じられるものだ。それをどうやって細雪丸にあげたらよいのか。いきなり言われても、そうすぐには思いつかない。

どうしたものだろうと思い悩む玉雪に、細雪丸はにやりとした。

「まあ、じっくり考えるといい。俺は急ぎはしないからな」

そう言うと、そばにあった岩に腰掛け、楽しげに歌をうたいだした。

さらら、さららと、雪が降る

白い山を守るのは、雪より白い細雪丸
そらそら、吹雪が呼んでいる
あっちで子供が凍えてる
こっちで子供が雪まみれ
走れ、走れ、細雪丸
子供を助けて春を待て
さらら、さららと、雪は降る
春まで積もる雪なれど
凍えることはあるまいぞ
細雪丸がおるなれば
細雪丸がおるなれば

何気なく歌に耳を傾けていた玉雪であったが、ふと気づいた。

このあやかしは先ほども歌っていた。きっと歌が好きなのだ。ならば、優しい歌を、例えば子守唄などを聞かせれば、温かいと思ってくれるのではないだろうか?

とたん、わずかな痛みを伴いながら、思い出が蘇《よみがえ》ってきた。

昔、まだただの獣であった頃、玉雪は山で猟師罠にかかってしまったことがあった。足をはさみこまれ、どう足掻いても抜け出せなかった。必死で暴れ続けたが、半日後には精も根も尽き果てていた。

もうだめだと、死を覚悟した時、がさりと、草を踏む音を聞いた。足音はどんどんこちらに近づいてくる。猟師が来たと、玉雪は身をかたくした。

だが、草をかきわけて現れたのは、四歳か五歳くらいの男の子だった。玉雪を見つけるなり、男の子は後ろを振り返って大声で呼んだ。

「おっかさん！　こっち！　来てよ！」

すぐに母親らしき女が現れた。髪を手ぬぐいで覆い、脚絆《きゃはん》をつけた旅姿だ。手には野草を握っている。

「見て見て！　でっかい兎！」

「おやまあ。……これは逃がしてやらなきゃいけないね」

「どうして？」

「こんな立派な兎だもの。きっとこの山の神様の御使いだねえ。早く山の神様のところに返してあげなくちゃ」

「でも、猟師に怒られない？」

「かわりに薬を置いておけばいいよ。智太郎《ともたろう》、傷薬を持ってきて。おっかさんはその間に罠をはずしてしまうから」

「うん」

そうして、親子は罠をはずし、玉雪の傷ついた足に薬を塗ってくれた。力を使い果たしていた玉雪は、なすがままに手当てを受けた。心の中は嬉しさでいっぱいだった。死なずにすんだからではない。親子の優しさがなんとも言えず心に染みたのだ。

だから、動けるようになると、すぐに二人のあとを追い、距離を置きながらも見守った。親子は旅の薬売りで、あちこちで薬草を集めながら、商売をしているらしかった。

数日もすると、二人はあとをつけてくる兎に気づいた。子供は旅の道連れができたと喜び、「玉雪」と呼びかけてくるようになった。

その時、ただの兎であったものは玉雪となったのだ。

日が経つにつれ、ますます玉雪は親子のことが好きになった。元気で明るい智太郎。物知りで優しい母親。いつも手をつないで歩く二人を見ていると、ほっこりと心が温かくなる。

夜、親子が野宿する時は、玉雪もできるかぎり近づくようにした。そうすると、歌が聞こえたからだ。

夜な夜な、母親が子供に歌って聞かせる子守唄。優しさと愛おしさにあふれた声は、玉雪の魂《たましい》に響いたものだ。

あの母親はもういない。だが、子供は生きている。弥助と名を変えて、すくすくと健やかに育っている。

頭の中いっぱいに母親の歌声が蘇り、気づけば、玉雪は歌いだしていた。

ころころころりと眠りゃんせ
狐《きつね》も狸《たぬき》もぬくぬくと
丸くなって目を閉じる
ぼうやはなんの夢を見る
お伊勢様の夢かいな
竜宮城《りゅうぐうじょう》の夢かいな
金銀ざくざく、夢錦《にしき》
ほうれ、笑って眠りゃんせ

弥助のことを思いながら、玉雪は子守唄を歌いきった。洞窟いっぱいに広がった歌声は、余韻《よいん》を長く残したあとに消えていった。

しんと静まり返る中、細雪丸はじっと玉雪を見つめていた。その氷のように青い目に、玉雪は胸がどきどきした。

気に入らなかっただろうか？　だめだったのだろうか？

と、細雪丸がしみじみした様子でつぶやいた。

「いい歌だ。温かかった」

「そ、それじゃ……」

「ああ、雪はくれてやろう。好きなだけ持っていくといい」

「あ、ありがとうございます！」

玉雪は持ってきた籠に、さっそく雪を入れ始めた。そうしながら、ふと後ろにいる細雪丸を振り返った。

「そうそう。先ほどの歌、もう一度歌っていただけませんか？」

「どうして？」

「とてもいい歌だったので、あのぅ、あたくしも覚えたいんです」

「……人間の子に聞かせてやるつもりか？」

「あい」

「……子供に聞かせるなら、もっといい歌を知っているぞ。そっちを教えてやろう」

そうして細雪丸は歌いだした。

三

その夜、玉雪が雪を持って戻ってきたと知ると、千弥は手のひらを返して迎え入れてくれた。

真っ白な雪を器に盛り、夏みかんを甘く煮詰めて作った蜜《みつ》をたっぷりかけて、玉雪は弥助に差し出した。

「さ、どうぞ、弥助さん」

「ほらほら、弥助。雪だよ。冷たいよ。お食べお食べ」

「二人とも、俺を甘やかしすぎだって」

玉雪と千弥の熱心なまなざしに苦笑しながら、弥助は器を受け取った。一口食べるなり、そのやつれた顔がぱっと輝いた。

「うわ、うめぇ！　冷たくて、すっごくうまいよ！」

「よかった。まだたくさんありますからね。好きなだけ、あのぅ、食べてくださいな」

「うん！　ありがと、玉雪さん！　夏に雪が食えるなんて、思わなかったよ」

冷たい、甘いと、目を細めながら、弥助はぱくぱくと食べていく。

千弥がほっとしたように肩の力を抜いた。

「これで体にたまった熱も、少しは冷めるだろう。……お手柄だよ、玉雪」

「弥助さんのためですから。あのぅ、なんてことはなかったです」

謙遜《けんそん》しつつ、玉雪は心底嬉しかった。自分が手に入れたものを、弥助が喜んで食べてくれた。それだけで、苦労も何も報われる心地だ。

あっという間に食べ終えた弥助に、玉雪は声をかけた。

「もう一杯どうです、弥助さん？」

「ううん。もう十分だよ。ごちそうさま。へへ、なんだか体が冷えちゃった」

「それはいけない。ほら、くるまりなさい、弥助」

千弥はすぐさま半纏《はんてん》を持ち出し、すばやく弥助をくるみこんだ。たちまちおくるみに包まれたようになる弥助に、玉雪は優しく言った。

「そうそう。もう一つ、お土産があるんですよ」

「え、そうなの？」

「あい。歌を教えてもらったんです。すごくいい歌なので、あのぅ、弥助さんに歌ってあげますね」

玉雪は目を閉じ、細雪丸から教わった歌を思い出しながら口を開いた。

月のない夜の暗闇を
銀の鳥が飛んでゆく
泣いてる子はいませんか
迷子の子はいませんか
寂しい子供を見つけたら
その子が笑ってくれるまで
優しく抱いてあげましょう
月のない夜の暗闇は
銀の鳥が照らします

玉雪は面食らった。途中から、弥助が歌に加わってきたのだ。

ちゃんと最後まで歌いきり、弥助はにこっと笑った。

「やあ、懐《なつ》かしいなぁ。久しぶりに聞いたよ」

「や、弥助さん。この歌を知っているんですか？」

「うん。これ、千にいがよく歌ってくれたんだ。ね、千にい？」

だが、千弥は首をかしげた。

「そうだったっけねぇ？」

「何言ってんだよ。昔、散々歌ってくれたじゃないか」

「……ちょいと思い出せないけど、弥助がそう言うなら、そうなんだろう」

千弥の返答に、弥助は真顔になった。

「……物忘れだなんて、千にいらしくないね。大丈夫？」

眉を八の字にする弥助の頰を、千弥は優しくつまんだ。

「そんな心配そうな顔をするもんじゃないよ。私にだって、物忘れの一つや二つあるさ」

「でも……」

「ほらほら、いいから目を閉じて。体がひんやりした今なら、眠れるかもしれないよ。そうだ。玉雪、今の歌を教えておくれ。今度は私が歌ってやろう」

その夜、弥助が眠りにつくまで、千弥と玉雪は代わる代わる子守唄を歌ったのであった。

鈴《すず》白《しろ》山《やま》の冬の客

一

ああ、まだ泣いているのか。

目覚めたとたん、細雪丸は顔をしかめた。

ここは鈴白山《すずしろやま》の懐《ふところ》深くにある洞窟《どうくつ》だ。山の体内とも言えるこの深みには、常に氷が張るような冷たさが満ちている。夏になろうとそれは変わらず、言わば天然の氷室《ひむろ》だ。

細雪丸はここで生まれた。山の精気や霊気といったものがこごり、細雪丸というあやかしを創り出したのだ。

細雪丸が自我を持って目覚めた時、まわりには親も仲間もいなかった。が、自分の名が細雪丸であること、冬のものであることは、誰に教えられずともわかった。そして、それだけ知っていれば、十分だった。

あとのことは全て自分で学んでいった。

雪やつらの甘さ。

粉雪と共に舞い上がる楽しさ。

北風と遊ぶ喜び。

鈴白山の子であるがため、山の外には出られなかったが、それにも不満はなかった。

冬はいつでも心地よく、美しかった。春が近づけば、洞窟に戻り、次の冬がやってくるまで眠りにつく。時折、空腹で目覚めることもあったが、溜めておいた雪を食べ、つららを舐《な》めれば、またすぐに眠りにつけた。

それが細雪丸の生き方であり理《ことわり》だった。

だが、それを乱すものが現れた。

死霊だ。この山で雪崩《なだれ》に巻きこまれて死んだ幼い姉妹の霊が、山に取り憑いてしまったのである。

屍《しかばね》はとっくに山の獣の餌となったのに、魂《たましい》はしぶとく山に残り、雪がちらつきだす頃には必ず「家に帰りたい」「寒い」と泣きだす。おかげでここ数年、細雪丸は心地よく目覚められたためしがなかった。

今年もまた聞こえてきた。胸を衝《つ》くような、か細く哀れなすすり泣きだ。風に運ばれ、ここまで届く。

ため息をつきながら岩の寝床から起き上がり、細雪丸は外へと出た。まだ雪は積もっていないが、地面は霜柱《しもばしら》で覆われていた。あちこちの木々も、つららの飾りをまとっている。

冬が来たのだ。

だが、初物のつららに手を伸ばすこともせず、細雪丸はそのまま山の中腹へと向かった。

そこに例の死霊達がいた。みすぼらしい蓑《みの》を着こんだ二人の少女。姉のほうは八つくらいだろうか。妹は恐らく五つに満たないだろう。死人特有の青ざめた顔をし、お互いの手をぎゅっと握り合い、ただただ「帰りたい」と泣いている。

自分達が死んでいることに気づいていないのかもしれない。あるいは、鈴白山の寒さにとらわれて、身動きが取れなくなっているのかもしれない。

だが、どうしたらいいかわからなかった。常に孤独に生きてきた細雪丸は、なにかに近づくということを知らなかった。二人を泣きやませたいと思いながらも、見ているしかなかったのだ。

冬の間、細雪丸はたびたび姉妹達を見に行った。風に乗ってすすり泣きが聞こえてくると、どういうわけか、気になってしまう。

自分でも不思議に思った。

見に行ったところで、見えるものはいつも同じだ。身を寄せ合って震えている小さな子供達。自分が行って、その姿が変わるわけでもないというのに。

この山にはよく修行僧も来る。なんのためかは知らないが、奇妙な言葉を唱えながら、滝水に打たれたり、雪の中に埋もれてじっとあぐらをかいていたり。当然、そのまま死ぬ者も多いが、彼らについて思うことは何もなかった。彼らの死霊がうろついているのを見ても、何も感じないというのに、この二人の姉妹だけは気になってしまう。

自分が感じているものが哀れみだと知るよしもなく、細雪丸は何度も足を運んだ。

そうして何年も経ち、これも冬の一部、自分の暮らしの一部なのだと、受け入れかけていた時だ。

変化が起きた。

その冬も細雪丸は目覚め、また山の中腹へと向かった。

姉妹はあいかわらずそこにいた。うずくまり、泣いている。涙はあとからあとからこぼれるのに、地面にしたたることなく、青ざめた頰の上で霧のように消えていく。

しばらくそれを眺めていた細雪丸であったが、はっと身構えた。

突如《とつじょ》、大きな鳥が舞い降りてきたのだ。

それは本当に大きかった。細雪丸を乗せて飛べるのではないかと思わせる。羽毛は、灰とも銀ともつかない淡い色で、ほのかに輝いている。そして、人面だった。黒髪を長く伸ばした女の顔が、長い鳥の首の先についているのだ。

人面の鳥が音もなく姉妹の前に降り立つのを見て、細雪丸は思わずそばに生えていたつららを折り取った。手の中で、つららはいっそう硬く鋭く尖っていく。

死霊を食い物にする穢《けが》れたものがいることは知っていた。悲しみや怒りを持つ死霊を取りこみ、禍々《まがまが》しい力としていくのだという。

もしこの鳥がそのつもりで来たのなら、黙って見過ごすことはできない。泣いてばかりいる姉妹を見るのは好きではないが、闇に飲みこまれるのを見るのはもっとごめんだ。

だが、細雪丸が心配したようなことは起きなかった。鳥はただ姉妹に語りかけたのだ。強い風にかき消され、言葉までは聞き取れなかったが、その声が柔らかく優しいことはわかった。

すると、どうだ。その場を動けず、泣くことしかできなかった少女達が、揃って顔をあげたではないか。

言葉もないほど細雪丸が驚いている前で、さらに驚くべきことが起こった。二人が立ち上がったのだ。そのままおずおずと両手を鳥へと伸ばす。

まるで親鳥が雛《ひな》鳥を抱くように、人面の鳥は二人を翼《つばさ》で抱きしめた。その時初めて、細雪丸ははっきりと鳥の顔を見ることができた。

美しさや醜さを超越した顔であった。ただひたすらに優しく、慈《いつく》しみに満ちている。少女達を見下ろすまなざしの、なんと温かいことか。

どくんと、体の芯に震えが生じた。それは温もりとなって、細雪丸の全身に広がった。

細雪丸は慌てて自分の体に両腕を巻きつけた。初めて感じる温もりは強烈で、自分の冷たい体が溶けるのではないかと、怖くなったのだ。

だが、それは心地よかった。指先にまで満ちていく。鳥に抱きしめられているのは姉妹ではなく、自分なのではないかと、錯覚しかけたほどだ。

と、鳥が歌いだした。

月のない夜の暗闇を
銀の鳥が飛んでゆく
泣いてる子はいませんか
迷子の子はいませんか
寂しい子供を見つけたら
その子が笑ってくれるまで
優しく抱いてあげましょう

月のない夜の暗闇は
銀の鳥が照らします

とろけんばかりに甘い声だった。聞いているだけで、心地よい安堵《あんど》と眠気がさざ波のように寄せてくる。

気づかぬうちに、細雪丸は歌に合わせて体を揺らしていた。頭がぼうっとして、ひたすら気持ちよかった。

あの子達は？　この歌を聞いて、どうなっただろう？

見れば、姉妹はしっかりと鳥の胸元にしがみつき、柔らかそうな羽毛に顔をうずめていた。安心しきって、早くもまどろみ始めている。

細雪丸はかすかな笑い声を確かに聞いた。幸せそうな、くすくすという笑い声。

そして、笑っている二人の体は少しずつ鳥の中に沈んでいっていた。だが、それを見ても、細雪丸は不安も怒りも覚えなかった。

この鳥が二人を傷つけるはずがない。

そう確信していた。

やがて、姉妹の姿はすっかり鳥の中に溶けこみ、消えてしまった。鳥が翼を広げた。嬉しそうに微笑《ほほえ》みながら、夜空へと舞い上がる。そうして鈴白山から、細雪丸の前から去ったのだ。

その日、細雪丸は学んだ。哀れみを感じたものには、手を差し伸べていいのだと。そして救うことができれば、それは温もりとなって自分の心に残るのだと。

あの二人の姉妹は笑っていた。あんなに泣いていたのが嘘のように。鳥がもたらした温もり以上に、あの笑い声は心に残っていた。この心地よさを一度味わってしまっては、二度と雪と氷だけの冷たさには戻れない。

これから自分が何をするべきなのか、細雪丸ははっきりと悟った。


その日から細雪丸は変わった。山で凍え死にしかけている人間を見つけては、なんとか救えないかと手を尽くすようになったのだ。

まだ力を残している者には、「早く山をおりろ」と道を教えてやった。凍え死にしかけている者は、山のふもとまで運んで、他の人間達が見つけやすいようにした。

だが、救えない者ももちろんいた。ことに、冬山の凍てつきは容赦なく子供の命を奪う。

細雪丸はなによりも子供を救いたかった。大人はまだいい。猟師にしろ修行僧にしろ、何か覚悟を持ってこの山に入ってきたのだ。その亡骸《なきがら》は山の獣達にとって、ありがたい糧《かて》となる。

だが、子供はよくなかった。この山にふたたび子供の死霊が取り憑くのはごめんだ。もうあんな泣き声は聞きたくない。

必死に策を探し、力を振るい、ようやく一つの方法を編み出した。

それから十年あまり、山で子供が死ぬことはなくなった。

だが、細雪丸がようやく満足しかけた時、思いがけない客がやってきたのだ。

二

子供を連れたものが山に入ってきた。

北風の知らせに、細雪丸は顔をしかめた。今日はひときわひどい吹雪だというのに。こんな日に山に踏みこんでくるなど、いったい、どういう愚か者だろうか。

だが、聞いた以上は放っておけない。細雪丸は住処《すみか》の洞窟を出て、風が教えてくれた場所へと向かった。

真冬のその日、山は白い闇に満ちていた。雪は止む気配もなく、しかも吹きすさぶ強風によって猛吹雪と化している。あまりの凄まじさに、細雪丸さえ、少しふらついたほどだ。全てが白に染まっていた。冬のもの以外にとって、この白は死の色だ。早く見つけなければと、細雪丸は目を細めて探した。

ようやく、黒っぽいものがちらりと視界に入った。あれかと、細雪丸はまっしぐらにそちらに走った。

そうして、出くわしたのは思いもよらぬものだった。

最初は人間の修行僧かと思った。その男の頭には髪がなく、こんな吹雪の中だというのに蓑も藁《わら》靴も身につけていなかったからだ。

だが、そのあとで気づいた。

この寒さの中でも、男は鳥肌一つ立ててはいない。重たい雪に腰まで埋もれながら、顔色も変えずに前に進んでいく。

人ではない。あやかしだ。かすかな妖気を感じる。

それと共にもう一つ、別の気配も感じた。

細雪丸は男の背に目を移した。男の背中には熊の毛皮で包まれたものがくくりつけてあった。

子供だ。四歳か五歳くらいの男の子が背負われている。だが、目を閉じたその顔は真っ青だ。

死にかけている。体が冷えて、命の炎が消えかけている。

怒りを覚えた細雪丸は、男の前に飛び出していった。

「この山で子供を死なせるな!」

怒鳴りつける細雪丸に、男は顔をあげた。きれいな顔をしていた。吹雪のあと、晴れ渡った夜空に現れる白銀の満月のように、艶やかで胸を騒がせる美貌《びぼう》だ。なぜか目を閉じたままだが、長い睫毛《まつげ》に雪がはりついている様すら美しかった。

思わず見とれる細雪丸に、男は冷ややかに言ってきた。

「おまえ、この山のあやかしか？」

「そ、そうだ。そんなことより、なんで子供を連れてきた！　殺すつもりで連れてきたのか？」

「殺す？　何を馬鹿なことを」

男は鼻で笑った。

「この子は大事な子だ。傷一つつける気はない」

「だったら、なんでだ！」

「おまえ、さっきから何を言っている？」

「子供のことだ！　こんな吹雪の中を連れ回したりしたら、あっという間に死んでしまうぞ！」

細雪丸の言葉がようやく通じたらしい。男ははっとしたように背中から子供をおろした。

「弥助？　おい、弥助！　起きろ！　ど、どうしたんだ？　返事をしろ！」

必死で子供に呼びかけ、揺さぶる姿に、細雪丸は少し安堵した。どうやらこの男は子供を殺すつもりはないらしい。それどころか、本当に大切に思っているようだ。

だから、なおさら不思議に思った。大事な子を、どうして吹雪の中に連れ出したりしたのだろう？

「なんで連れてきた？」

「山を越えて、人の町に行こうと思った。熊の毛皮で包んでおいたから、てっきり……」

「この寒さで、そんなものが役に立つはずがないだろう」

このあやかしはひどく物知らずらしい。冬山のことしか知らない細雪丸でさえ、人間の子がはかなくもろいことを知っているというのに。

あきれ果てている細雪丸に、きれいな男はすがってきた。

「ど、どうしたらいい？」

「……死なせない方法が一つある」

「できるのか！　なら、やってくれ！」

「時がかかる方法だ。春が来るまでこの山に足止めされることになるが、いいか？」

「子供が死なずにすむなら、どれほど時がかかろうとかまわない」

迷いなくうなずく男に、細雪丸は小さく笑った。阿呆《あほう》だが、気持ちのいいやつだ。

さっと男の腕の中から子供を奪い取った。

「何をする！」

「怒鳴るな。黙ってついてこい」

「子供は私が抱いていく」

「だめだ。いいから、ついてこい」

細雪丸は吹雪の中を走りだした。驚いたことに、男はぴたりとついてきた。猛然と雪を蹴散らし、狂った大猪《いのしし》のごとき勢いで、細雪丸を追ってくる。

やはりこいつは好きだなと、細雪丸は思った。

そうして自分の住まいである洞窟へと、客を連れこんだ。最奥で足を止める細雪丸に、男は般若《はんにゃ》のような形相でつかみかかってきた。

「貴様！　弥助を奪う気か！」

「救おうとしているんだ。……おまえ、目が見えないようだな。だが、あやかしなら、ここに何があるか、少しは感じ取れるはずだぞ」

細雪丸は静かに言った。その声に何かを感じたのか、男は細雪丸の首をつかみかけていた手をおろし、前を向いた。

洞窟の奥を満たしているのは、青い氷だ。細雪丸が丹念に作り上げたもの。その中には……。

はっと男が息をのんだ。

「これは……人か？」

「そうだ。今年はこれまでに二人見つけて、氷漬けにした。……みんな子供だ。子供でないと、俺のこの術は効かない」

温もりを雪に奪われ、死にかけている子供を雪よりも冷たい魔氷で覆う。それが、細雪丸が見つけた死を欺く方法だった。

たとえ氷に閉じこめられても、中の子供は死にはしない。ただ深い眠りにつくだけだ。そして春がくれば、細雪丸の氷は溶け、子供は息を吹き返す。

男がはっとしたように細雪丸を振り返ってきた。

「この山を登る前に、ふもとの村で噂を聞いた。この山では冬に子供が消え、春になると生きて戻ってくると……天狗《てんぐ》の神隠しと言われていたぞ」

「俺は天狗でも鬼でもない。ただの冬の子だ。そんなことより、この子のことだ。もう虫の息だぞ。俺にできるのは、他の子と同じように術をかけ、氷に入れてやることだけだ。……どうする？」

「これまでにしくじったことは？　目覚めなかった子はいないのか？」

「今のところは」

「では、やってくれ」

「もう一度言うが、この術をかけたら、この子は春まで目覚めないぞ?」

「死ななければそれでいい」

男の返事は明瞭だった。断じて子供を失いたくない。その想いだけが強く宿っている。断じて山で子供を死なせたくない。そう心に決めている自分と、少し似ているのかもしれない。

そんなことをふと感じながら、細雪丸は腕の中の子供に息を吹きかけた。

三

細雪丸は夜の山の見回りを終え、洞窟に戻った。

幸いにして、今日は死にかけた子供はいなかった。連日の猛吹雪に、人間達はすっかりおののいて、それぞれの家に閉じこもっているようだ。そうしてくれるほうが、細雪丸としてもありがたい。

だが、機嫌の良さは、洞窟の奥へ行ったところで、泡雪のように溶けてしまった。奥の青い氷の前には、例のあやかしが立っていた。あれから一昼夜経ったが、この美しい人形《ひとがた》のあやかしは、眠りもしなければ、飲み食いもしない。ただ氷の前に、中にいる子供の前に立っている。

まさか春までこうしているつもりだろうかと、細雪丸は少し心配になり、声をかけることにした。

「おい、雪でも食うか？　澄んだ氷でも持ってきてやろうか？」

「必要ない。その気になれば、食べ物も眠りもいらない身だ」

返事はたいそうそっけなかった。

自分に構うな。

そういう気配がびしびしと伝わってくる。

細雪丸はむっとなった。自分が招き入れた客とは言え、この態度には腹が立つ。もういい。こうなったら春まで無視してやる。望みどおり、いないものとして扱ってやろうではないか。

二度と口は利くまいと決めながら、細雪丸は自分も氷の前に立った。無礼なあやかしを抜きに考えれば、この洞窟にいるのは、自分と氷の中の子供三人だけだ。命を救うためとは言え、有無を言わさず氷漬けにされ、冬が終わるまでは家にも戻れない子供達。せめて、その眠りは心地よいものであってほしい。

そんな願いをこめ、細雪丸はゆっくりと歌いかけた。

月のない夜の暗闇を
銀の鳥が飛んでゆく
泣いてる子はいませんか

迷子の子はいませんか
寂しい子供を見つけたら
その子が笑ってくれるまで
優しく抱いてあげましょう
月のない夜の暗闇は
銀の鳥が照らします

細雪丸の澄んだ声に合わせ、ちらちらと氷が光のさざ波を立てる。つり下がるつららもかすかに震え、鈴のような音色を奏でる。しんと冷え切った空気を和らげるかのように、歌は洞窟いっぱいに広がっていった。

歌い終えた時、細雪丸は気分がよくなっていた。我ながら今日はうまくやれたと思う。あの人面の鳥が死霊の姉妹にしてやったように、温もりをこめて歌えた気がする。

満足して、きびすを返しかけた時だ。横にいたあやかしがふいにつぶやくように声をもらした。

「いい歌だな」

驚いて目を見張る細雪丸に、あやかしは今度はまっすぐ尋ねた。

「おまえが作ったのか?」

このあやかしが自分から話しかけてくるのは、これが初めてだった。細雪丸は少し嬉しくなった。二度と口を利くまいと誓ったことも忘れ、言葉を返した。

「いや、俺じゃない。鳥が歌っていたのを、聞いて覚えた」

「鳥が?」

「ああ。聞いたのは一度きりだが、今でも心に残っている。その鳥は、子供に歌ってやっていたんだ。だから俺も、こうして子供らに歌ってやることにしている」

きれいなあやかしは首をかしげた。

「氷漬けでも聞こえるものなのか?」

「わからない。でも、歌うと、俺が気持ちいいんだ。この子達が氷の中で、いい夢を見てくれる。そんな気がするから歌うんだ」

「……そうか」

あやかしはうなずいた。

「それなら、私も歌うとする。……その歌、教えてくれないか?」

その日から、洞窟には二つの歌声が響くようになった。

人面の鳥の歌には、奇妙なあやかしの心をほぐす力もあったようだ。少しずつだが、あやかしは細雪丸と言葉を交わすようになった。

名も教えてくれた。千弥だという。

細雪丸はだんだんと千弥との会話を楽しむようになった。一つ、また一つと、相手のことがわかっていくのはおもしろかった。

ある日、細雪丸は千弥の頭に目をとめた。髪は一本もなく、まるで卵のようにつるりとしている。それが不思議だった。もう二十日以上も見ているが、髪が伸びてくる気配がいっこうにないのだ。千弥が剃り落としている様子もない。

気になり、細雪丸はついに聞いた。

「おまえの髪、全然生えてこないんだな」

「二度と生えてくることはないだろう。力あるものに剃られたからな」

妖力の強いものに奪われたものは、二度と戻らない。奪った相手と同等か、それ以上の力を手に入れないかぎり、取り戻すことはできないのだ。そのことは、細雪丸も知っていた。

「なんで髪を奪われた?」

「私に屈辱《くつじょく》を味わわせたかったのだろう。……そいつは私を縛って、ひざまずかせて、髪を剃った。目玉がないのだから、このうっとうしい前髪ももういるまいと言ってな」

「ずいぶん嫌なやつなんだな、そいつは」

「ああ。だが、私はそいつの倍も嫌なやつだった」

「それは……なんとなくわかる気がする」

細雪丸の言葉に、千弥は怒らなかった。それどころか、かすかに笑いを浮かべたのだ。

その笑いは、細雪丸に向けられたものではなかった。

「だが……この子供のおかげで、変われる気がする。新しい自分になれる気がする」

まぶたを閉じたまま、千弥は愛しげに氷の中の子供へと微笑みかける。

細雪丸もその子供を見た。

こうしてじっくり眺めても、どこにでもいるような子だ。やんちゃそうな面立ちは、美しいとは言えないし。いったい、この子の何がそんなに特別なのだろう?

細雪丸は率直に尋ねてみた。

「この子はおまえのなんなんだ?」

「私が見つけたものだ。そして、この子も私を見つけてくれた」

「……それだけ?」

「それが全てだ」

よくわからないと、細雪丸は肩をすくめた。

と、今度は千弥が尋ねてきた。

「私も聞いていいか？」

「なんだ？」

「子供のことだ。おまえ、どうして人間の子を助けている？　おまえがこの洞窟の外に出られるのは、冬だけなのだろう？　貴重な時を割《さ》いてまで、わざわざ人助けをするなんて。おまえになんの得があるというのだ？」

「……温もりさ」

「温もり？」

「ああ。昔、鳥が教えてくれたんだ」

細雪丸は、山に居着いた死霊の姉妹と、二人のもとに舞い降りた人面の鳥のことを話した。

「……俺は冬の子だ。冬のあやかしだ。肌は冷たいし、雪と氷しか食えない。吹雪と北風としか遊べない。……でも、あの鳥の歌声を聞いた時、確かに温もりを感じたんだ。こんな俺でも味わえる温もりがあるんだ。もっと味わいたい。もっと感じたい。そう思ってしまうのもしかたないだろう？……でも、それだけじゃない」

細雪丸は目を閉じた。

あの時、不思議な鳥に抱きこまれ、死霊の姉妹は笑っていた。二度と泣くことはないと言わんばかりの、幸せそうな笑い声を立てていた。

それが嬉しかった。でも、そう思うのと同じくらい寂しかったのだ。

「寂しい？　なんでだ？」

「俺の手で救えなかったからさ。……俺はずっと、あの子達を救いたいと思っていたんだ。でも、自分がそう感じていることすらわからなかった。何もできなかったんだ」

「でも、その子達は救われたのだろう？」

「たぶんな。あの鳥に邪悪《じゃあく》な気配はかけらもなかった。きっと救われたと思う。……それでも、時々不安になるんだ。本当にそうだろうかと。優しく見えたのは見せかけで、鳥は死霊を食らうやつだったかもしれない。それに……」

「それに？」

「俺があの子達に手を差し伸べなかったことは変わらない。それが寂しいし、悔しい。……自分でも変だと思う。でも、あんな想いは二度としたくない。だから、この山では二度と子供を死なせない。そう決めたんだ」

決めたことはやりとげる。そうつぶやく細雪丸に、千弥はふたたびかすかに笑った。その笑みは細雪丸に向けられていた。

「うぶめが聞いたら、さぞ喜ぶだろうな」

「うぶめ？　誰だ、それは？」

「母の想いがこりかたまって生まれたあやかしだ。全ての子供を分け隔てなく愛するという。恐らく、おまえが見た人面の鳥というのがそれだ。死霊の泣き声を聞きつけ、救いに来たのだろう」

「…………」

「おまえは安心していい。迎えに来たのがうぶめなら、その死霊の子達は間違いなく救われている」

千弥の言葉に、細雪丸は胸のつかえが下りたような気がした。ずっとずっと心に引っかかっていたものが、するすると解きほぐされるように消えていく。

だが、礼を言おうとした時には、千弥は細雪丸に背を向け、氷の中の子供に歌を歌い始めていた。

邪魔をしてはいけないと思い、細雪丸は開きかけた口を閉じた。

千弥の歌声は、かつて聞いた鳥の歌声に勝るとも劣らぬほど優しい。洞窟中の氷が溶けてしまいそうな温もりにあふれている。

ああ、温かい。

歌の温もりに身をゆだねながら、細雪丸は鳥のことを思った。

そうか。あの鳥はうぶめというのか。またいつか会えるだろうか。もしその日が来るのなら、今度は言葉を交わしてみたい。あの子達はどうなったか、教えてもらいたいものだ。

四

さらにひと月あまりが経った。

細雪丸は過ぎゆく冬の気配を敏感に感じ取っていた。寒さはまだまだ厳しいが、降る雪も吹雪も確実に変化してきている。

あとひと月半もすれば、春が来る。子供達が目覚める春。細雪丸が洞窟に籠もる春。そして、ここから千弥が去る時でもある。

細雪丸は千弥を盗み見た。今日も千弥は氷の前に立ち、繰り返しうぶめの歌を口ずさんでいる。

前に一度、「毎日毎日、ずっと氷の前にいて、退屈じゃないのか？」と細雪丸は尋ねたことがある。だが、千弥はきっぱりとかぶりを振った。

「退屈などしない。この子が安全に守られていると思うだけで、幸せだ。穴に落ちたり、川で溺れたりする心配がない。……いっそ、このままずっと氷の中に入れておきたいくらいだ」

「それはさすがにかわいそうだろう」

「そうか？　傷ついたり死んでしまったりするより、よほどいいと思うのだが」

心底不思議そうに言う千弥に、細雪丸はため息をついたものだ。

だが、この揺るがない姿も、次の冬にはもう見られないのだ。そう思うと、奇妙に寂しかった。

しかたないことだと、細雪丸は自分に言い聞かせた。

千弥はこの山のものではなく、冬のものでもないのだから。そして、冬の子である細雪丸は孤独には慣れている。

細雪丸は寂しさを押し隠して、千弥に話しかけた。

「千弥」

「なんだ？」

「前に言っていたな。この山を越えようとしたのは、人間の町に行くためだと」

「ああ。この山を越えてさらに進むと、大きな町があると聞いた。江戸とかいうらしい」

「あやかしのくせに、人と混じって暮らすつもりか？」

「ああ。弥助のためだ」

子供を見つけたのは一年ほど前のこと。それからずっと、山の中で二人きりで暮らしていたと、千弥は話した。打ち捨てられた猟師小屋に潜りこみ、木の実や草の根、時には罠にかかった獣や鳥を子供に食べさせた。だが、それだけでは足りない気がしてきたのだという。

「この子は人だ。人が普通に食べるものを食べさせたほうが、きっと体にもいいだろう。それに、猟師小屋は春や夏は住みやすかったが、寒くなるにつれ、弥助が震えるようになった。もっといい場所に住まわせないといけないと思った」

「それで人間の町に？」

「ああ。この子のためだ。私は人になりきってみせる。それに人間が大勢いるほうが、かえって潜りこみやすいだろう」

そう簡単にいくだろうかと、細雪丸はいぶかしんだ。

この千弥というあやかしは、なんというか異質だ。まとう妖気は本当に微弱なものだというのに、その物腰には大妖のごとく余裕がある。虚勢を張っている様子は微塵《みじん》もなく、自然に身についているものだとわかるから、余計に不思議だ。

そして細雪丸ですら奇妙に思うのだ。異質な気配に敏感な人間達が、気づかないはずがない。このまま山を去らせて大丈夫だろうかと、本気で心配になった。

「人間の町は、野山とは違うぞ。おいそれと獣を狩ることもできないと聞いたことがある。……おまえ、子供に何を食わせてやるつもりだ？　どうやって育てるつもりだ？」

「もちろん、まわりの人間と同じ物を食わせてやるつもりだ」

「それをどうやって手に入れるんだ？」

「頼めば、わけてもらえるだろう。弥助はこれだけかわいい子だからな」

千弥はなんの不安も感じていないようだ。だが、細雪丸はさらに心配になった。


翌日の夜、細雪丸は雪崩で死んだ猪の死骸《しがい》を抱え、山の頂《いただき》近くに生える大杉を訪ねた。

この大杉には、年老いた骸烏《むくろがらす》が住んでいる。普段は人間の里や町近くの墓場にいるが、冬になるとこの山にやってきて、凍死した人間の骸をむさぼるのだ。

これまであまり近づかないようにしていた相手だが、骸烏は人のことをよく知っている。きちんと礼儀をもって尋ねれば、知りたいことを教えてくれるかもしれない。

細雪丸は大杉の真下まで来ると、木を振り仰ぎ、呼びかけた。

「おばば。骸烏のおばば。いるか？」

「へへ、誰ぞい？」

大杉の枝から、どさりと黒い塊《かたまり》が落ちてきた。

骸鳥は、老いさらばえた女の姿をしていた。艶のないぼろぼろの黒い羽衣《はごろも》をまとい、くちばしのように尖った黒い口から、これまた尖った牙《きば》をのぞかせている。

「へへ。細雪丸かい。きれいな雪小僧かい。おまえのせいで、この山はぐんと食い物が減っちまったよ。こっちは凍え死んだ人の子の目玉を、しゃりしゃり食うのが好きだっていうのにさぁ。ところで、持ってきたのはなんだい？　その猪、あたしにくれるのかい？」

物欲しげに黄色の目を光らせる老婆に、細雪丸は黙って猪を差し出した。骸鳥はすぐさま土産《みやげ》に飛びついた。硬く凍りついた肉を難なく指で切り裂き、顔を突っこんではらわたをがつがつとむさぼりだす。

顔をあげたのは、それからしばらく経ってからだった。しわだらけの顔を黒い血にまみれさせながら、骸鳥はにっと笑った。

「へへ。で？　あたしになんの用だい、かわいい雪小僧？」

「聞きたいことがある。……あやかしが人間の子を育てることはできるか？　人間の町の中で、それをやりとげられるだろうか？」

「……なんだってそんなことを聞くんだい？」

「今、俺のところに客がいるんだ」

細雪丸は千弥のことを話した。

骸鳥は恐ろしげな目をぱちぱちとさせた。

「ふうん。そんな変なやつがいるのかい。千弥ねぇ。聞いたことのないあやかしだよ」

「俺が言うのもなんだが、すごく物知らずだ」

「……冬のことしか知らないあんたに、物知らずと言われちゃお終いだねぇ。それなのに、人間の子を育てようとしているのかい？　あきれた。無理だよ」

「やっぱりか？」

「ああ」

骸鳥はきっぱりと言った。

「人間に怪しいと思われないようにするのは難しいよ。よっぽどうまくやらなくちゃ。なにしろ、あいつらときたら。同じ人間同士でも、いつも目を光らせている。ちょっとでも自分と違うとなると、恐れ、嫌い、目の前から消そうとするからね」

「…………」

「それに金《かね》だ。町で暮らすなら、金《かね》がいるよ」

「金《かね》？　なんだ、それは？」

「金《きん》や銀、みみっちい鉄でできている小さなものさ。人間は金《かね》が大好きでね。なんでもそれで取引している。人間と暮らすなら、まず金を稼ぐ方法を知らなきゃならないねぇ」

「稼ぐ……」

「相手がほしがるものを与えたり、してやったりする。そして、その見返りとして、金をもらう。それが稼ぐってことだ。例えば、おまえが夏に外を出歩けたら、けっこう稼げただろうよ。へへへ。暑さに弱った人間は、おまえが作る氷を喜んで買うだろうからね」

「……変だ」

「ああ。だが、それが人間の暮らしだ」

細雪丸は途方に暮れた。聞けば聞くほど、千弥が町で暮らすのは無理のような気がする。

それでも一縷《いちる》の望みをこめて、細雪丸はさらに尋ねた。

「……目の見えないあやかしが金を稼ぐとしたら、どんな方法があるだろう?」

「目の見えない?　そうだね。まあ、ないこともないけど」

「教えてくれ」

「へへへ。それなら、もう少し何かおくれよ。あたしゃだいぶ腹が減っててさぁ」

骸鳥はずる賢そうに目を細めた。

細雪丸はしかたなくまた山をまわり、雪の下に埋もれていた鹿を掘り出した。だいぶ他の獣に食われていたが、まだ骨には肉が残っている。

持っていったところ、骸鳥は文句を言いつつも受け取った。

「まったく。こんな食い残しをよこすなんて。もうちっとましなのはなかったのかい?」

「嫌なら、返してくれ。山の獣にやるから」

「おっと! まあ、お待ち。せっかちな雪小僧だ。いらないなんて、誰も言っていないじゃないか」

「じゃあ、教えてくれ。さっきの答えを」

「ふん。ほんとせっかちだ」

骸鳥は鹿のあばら骨を一本折り取り、それをしゃぶりながら細雪丸に教えてくれた。

それから数日間、細雪丸は洞窟に戻らなかった。千弥は一応気にしてくれていたようだ。細雪丸が戻るなり、すぐに出迎えてくれた。

「ずいぶん長く留守にしていたな。何かあった……おい、何を連れてきた?」

「やっぱり目が見えなくても、わかるんだな」

そう。この千弥は常に目を閉じ、暗闇の中に身を置いている。にもかかわらず、ぎこちない動きはしたことがない。まるで見えているかのように、足下の石にけつまずいたことすらないのだ。

細雪丸は一度、「見えているのか?」と聞いたことがある。

「いや、見えない。だが、目がなくとも、気配でわかる。ここに石がある。そこに木が生えている。人やあやかしの区別もできる。ただ色や形がわからないだけだ」

「それじゃ見えているのと同じだな」

「ああ。不自由はまったくない」

あの時の会話を思い出し、これならうまくいくかもしれないと、細雪丸は持ち帰った土産をどさりとおろした。

「……人を連れてきたのか?」

「ああ。おまえへの土産だ」

「だが、これは……大人ではないか」

「そうだ」

細雪丸が連れ帰ったのは、四十がらみの男であった。旅姿で、体は大きく、かなり頑健そうだ。だが、その顔は異様に赤く、目もうつろだ。千弥や細雪丸を前にしても、悲鳴をあげることもせず、何かぶつぶつつぶやくばかり。高熱にうなされているのである。

男を見下ろしながら、細雪丸は千弥に言った。

「雪の中に埋もれていたのを見つけて、掘り出してきた。おおかた、雪が止んでいるから、大丈夫と思って山に入ってきたんだろう。旅慣れているやつほど、そういう目にあう。

……このままだと、この男は死ぬ」

「だったら、早くふもとの里近くに運んでやればいいだろう？　おまえの氷漬けの術は、幼い子供にしか効かないのだから」

「言っただろう？　これはおまえへの土産だ」

「……私は人など食わないぞ？」

「違う。そういう意味じゃない」

細雪丸は言葉を選びながら話し続けた。

「春になったら、おまえは子供と一緒にここから出て行く。だが、人間の町に行っても、おまえ達はうまく暮らせないと思う。おまえはあまりに人間を知らない。溶けこむのは無理だ」

「………………」

「だが、人間は自分を助けてくれるものをありがたがる。医者だったり、坊主だったり」

按摩《あんま》という者がいるそうだと、細雪丸は言った。

「その多くは目の見えない人間で、人の体をもみほぐして、血の流れをよくするのを生業《なりわい》としている。おまえは勘が鋭いから、そういう技をすぐに会得できるんじゃないか？　少少変わって見えても、按摩として生きるなら、人からありがたがられるだろう。人助けして、金も稼げる」

「金……」

「人間の町で生きるなら、なくてはならないものらしい。どんな人間も、みんな金を稼いで、食べ物や着る物を手に入れているそうだ。……金を稼げば、大事な子供を育てられるぞ」

最後の言葉はとりわけ強く千弥の心に響いたらしい。その顔つきがぐっと変わった。

「それは……いい考えかもしれないな」

「じゃあ、やってみるか？」

「ああ。……でも、どうしたらいい？」

「まずはこの男を助けてみろ」

細雪丸は朦朧《もうろう》としている男を抱き起こして、千弥の前に立たせた。

「さあ、この男を見ろ。どこがおかしいか、一番良くないところはどこか、感じ取れるか？」

千弥は目を閉じたまま、男に顔を向けた。ざわりと、その体がかすかに陽炎《かげろう》のように揺らめいた。感覚を尖らせ、男の全身を探っているのだとわかる。

やがて千弥はうなずいた。

「足だ。この男、どこもかしこも弱っているが、ことに右の太股《ふともも》の血の流れが止まりかけている。生気がどんどんそこからこぼれていっている」

「それじゃ、そこをもんでみろ。もみほぐして、血の管を広げて、体にきちんと血が巡るようにするんだ」

「わかった」

千弥は手を伸ばして、男の太股をつかんだ。

次の瞬間、ばきっと、恐ろしい音が響き渡った。

「まったく！　どこまで不器用なんだ！」

「しかたないだろう。人間の足など、もんだことがなかったのだから、まるで加減がわからなかったのだ」

「それでも骨を折るほど力をこめるなんて！　俺だって、そんなことはしたことがないぞ！」

「口を動かすより、足を動かせ。男が死ぬぞ」

「どの口がそんなことをほざくんだ！　おまえのせいじゃないか！」

ののしりあいながら、細雪丸と千弥は深雪をかきわけて前に進んでいた。千弥は気を失った男を背負っていた。熱で弱っていたところに、足の骨まで折られたのだ。ほとんど虫の息となってしまっている。これでは按摩修業どころではない。

細雪丸は千弥に男を運ばせ、山の西側にある沼を目指すことにした。

沼はたいして大きくはなく、水面は真っ白に凍りつき、雪が積もっている。その雪を払いのけ、細雪丸は氷に耳をつけた。聞こえる。眠りについた魚達のあぶく。春を夢見る藻のつぶやき。そして……。

「おい、河童《かっぱ》！　じいさん！　起きてくれ！　手を貸してくれ！」

叫びながら、細雪丸は拳《こぶし》で氷をたたき割った。白い氷が砕け、黒ずんだ沼の水があらわとなる。

しばらくして、その水面にぷくぷくと泡が立ち、河童がぬっと顔を出した。ぬるぬるとした緑色の鱗《うろこ》に覆われ、頭の上の皿も黄ばんでいる。相当な年寄りだ。

その河童は、ぶるりと体を震わせた。

「ひえぇ、こんな寒い日に呼び出すなんて。年寄りに酷なことをするもんじゃ。な、なんなんじゃ、細雪丸？　なんか用かい？」

「薬をくれ！　今すぐ！」

「薬？」

「早く！」

「ああ、わかったわかった。なんなんじゃ、まったく」

文句を言いつつ、河童はいったん水の中に姿を消した。そして戻ってきた時には、小さな壺《つぼ》を携えていた。

「ほれ。塗ってよし、飲んでよしの、河童の秘薬じゃ」

「ありがとな、じいさん」

「ふん。礼はいいから、さっさと行ってくれ。もう氷は割らんでくれよ」

だが、水に戻ろうとする河童の首根っこをつかみ、細雪丸は大根を引き抜くように、河童を水から引っ張り出した。

「何をするんじゃ！　ひゃ、ひゃあああっ！　さ、寒い！」

「まだ水に戻ってもらっちゃ困るんだ、じいさん。助けてくれ。人間の骨接ぎをやってくれ」

「はあ？」

「頼むよ。そうしたら、この沼にうんと分厚い氷を張ってやるから。氷に遮《さえぎ》られて、だいぶ水の中は寒くなくなるはずだぞ」

「ふふう。し、しかたない。さっさとやってやるしか、な、なさそうじゃ。わかったわい！　骨接ぎしてやるわい！」

がたがた震えている河童の前に、千弥は男をおろした。

「こりゃまた……ひどいありさまじゃな」

「熱が出ていて、右の太股の骨が折れてるんだ」

「そのようじゃな。細雪丸、おまえはわしの薬を、ぶはっくしょん、わ、わしの薬をこの男に飲ませてやれ。そこのきれいな兄さんは、わしの手伝いをするんじゃ」

河童に言われ、千弥は少し戸惑った顔をした。

「……きれいな兄さんとは、私のことか？」

「他におらんじゃろ？　そこの杉の木から枝を二本折ってきてくれ。おまえさんの親指よりも太いやつがいい」

「……わかった」

千弥は逆らわず、杉の枝を二本、折り取って、河童のところに持って行った。河童は男の足をぺとぺとと触っているところだった。

「ふむふむ、砕けてはおらんようじゃな。きれいにぱっきり折れておる」

「枝を持ってきた」

「よしよし。それじゃ骨接ぎにかかるとするか」

「骨接ぎ、とはなんだ？」

「折れてしまった骨を、元通りにくっつけることよ。そのまましっかりと固めておけば、自然に骨はつなぎあう。時間はかかるが、この男はまた元のように歩いたり、走ったりできるようになろうよ」

河童は手早く骨をつなぎ、そこに二本の枝をくくりつけ、ぎっちりと紐で縛った。

「これで、骨はもうずれん。おい、細雪丸、薬は飲ませたか？」

「ああ」

「それなら、この男はじきに正気に戻るぞ。そうなる前に、とっとと山からおろしてやれ。ふ、ふあっくしょん！」

くしゃみをしながら、河童は大急ぎで沼に戻っていった。

細雪丸は肩の力を抜いた。

「やれやれ、本当に寒がりなじいさんだ。……だが、助かったな」

「ああ」

「それじゃ、俺は男をふもとにおろしてくる。おまえは先に洞窟に戻れ」

「いや、私が運ぶ。……この男には申し訳ないことをしたからな」

「……そうか。じゃあ、おまえが運ぶといい。おまえなら、俺と違って山の外に出られる。

近くの里まで送り届けてやるといい」

そうして、二人はふもとまで下った。細雪丸はふもとの際で立ち止まり、千弥はそのまま足を進めた。

待っている間、細雪丸は少し落ち着かなかった。千弥はちゃんと一人で送り届けられるだろうか？　面倒になって、男を道に放り出したりしないだろうか？　ああ、この山から出られない身がつくづく恨めしい。

だから、戻ってくる千弥を見た時は、ほっとした。

「どうだった？」

「里の者達に託してきた。山道で動けなくなっていたのを見つけたと言っておいた。……あの男は助かりそうだ」

「なによりだ。それじゃ、俺達も戻ろう」

「ああ」

帰る道中、二人はほとんど言葉を交わさなかった。だが、洞窟近くまで来たところで、細雪丸はついに思っていたことを口に出した。

「こんなことは言いたくないが……このままじゃ、おまえ、あの子供の骨も折りかねないぞ」

「私もそれが心配になった」

千弥はうなずいた。珍しく沈痛な顔つきとなっている。

「私はもっともっと人について知らなければならないようだ。……細雪丸」

「なんだ?」

「これからも、その……人間を見つけたら、私のところに連れてきてくれないか?」

「そして、その人達の骨を片っ端から折るっていうのか?」

「次からはもっと慎重にやる!」

激したように、千弥は眉毛をつりあげた。だが、すぐに弱々しくうなだれた。

「信じてくれ。もう二度と傷つけるようなことはしない。……あの子を癒《い》やすつもりで、他の人間達も癒やすことにするから」

「……それなら少しは安全だな。わかった。見つけたら、また連れてきてやる」

「すまない」

「だが、念のため、河童の薬は多めに洞窟に置いておこう」

「……それがいいと思う」

「となると、また河童のじいさんを叩き起こすことになるな。きっと盛大に文句を言われるぞ」

寒い寒いと悲鳴をあげる年寄り河童の姿を思い浮かべ、細雪丸はぷっと噴き出した。驚いたことに、千弥も笑いだした。

「私達は相当憎まれそうだな」

「平気さ。この冬だけのことだから」

自分で言ったあとで、細雪丸ははっとした。

そうだ。千弥がいるのはこの冬だけなのだ。自分が手を貸してやれるのも、この冬の間だけ。そして冬はすでに半分過ぎてしまっている。

別れの時が来るまでに、できるかぎりのことをしてやろう。

細雪丸はそう決めた。

五

その冬、細雪丸はいつもよりもずっと忙しく過ごした。昼夜を問わず山を巡り、遭難《そうなん》した人間を見つけては、洞窟に連れ帰った。子供は氷漬けにし、大人は千弥へと差し出した。

千弥は細雪丸が思っていた以上に反省したらしい。二度と骨を折るような乱暴はしでかさなかった。丁寧《ていねい》とさえ言える手つきで人間の体をもみ、弱った活力を蘇《よみがえ》らせようと、試行錯誤する姿には必死なものがあった。

ただでさえ勘の鋭い千弥が、必死で会得しようと学ぶのだ。按摩修業は順調に進み、一人、また一人と、人の命を救えるようになった。

これならもう大丈夫だろう。

そう見極めた細雪丸は、ある日の早朝、千弥に言った。

「少し手伝ってくれ」

「何をすればいい？」

「子供らをふもとに運ぶ」

千弥ははっとしたようだった。

「……春が来たのか？」

「ああ。冬はもう終わる。感じるんだ。だから、子供らを氷から出して、家に戻してやらなきゃな」

冬の間に保護した子供は、千弥の子を含めて、全部で五人になっていた。

細雪丸はきれいに氷を切り割り、子供達を出していった。氷から出されても、子供達はすぐには目覚めない。長い間冷えて固まっていた血が流れ出すのに、半日以上はかかるのだ。

全員を竹で作ったそりに乗せ、千弥と二人がかりで、ふもとへと運んだ。

ふもとの、人がよく通る場所で足を止め、まだ雪が積もっている中に子供を寝かせた。

それから、細雪丸は空を見た。すっきりと晴れた青空で、太陽が輝いている。風は冷たいが、その明るい日差しに肌が早くも痛くなってきた。

体に雪をすりこみながら、細雪丸は千弥を見た。

「このままここに寝かせておけば、日暮れまでに子供らは目を覚ます。……おまえの子も、今日中に起きるだろう」

「……では、行かせてもらう」

「ああ。気をつけてな」

まだ眠り続けている子供を抱き上げ、千弥は歩きだした。

ぐんぐん遠ざかる後ろ姿を、細雪丸はじっと見送った。寂しいと、ちりりと心がざわめいていた。こんなにもあっけなく別れが来てしまうとは。自分だけが寂しいと思っていることも、ひときわ切なかった。

だが、こうなることはわかっていたではないか。千弥は春には山を去る客だった。留まることは決してない。大丈夫。自分はこのまま眠りにつくのだ。次の冬が来る頃には、この寂しさも薄れているだろう。

そう思い、きびすを返しかけた時だ。

ふいに、千弥がこちらを振り返ってきた。

「細雪丸」

「お、おう。なんだ?」

「……ずっと考えていた。どうしたら、世話になった礼ができるだろうかと。……私はこの子の他は何も持たざるあやかしだ。土地も力もない。だから、歌を作った。おまえのために。受け取ってくれ」

そう言って、千弥は朗々と歌いだしたのだ。

昔を思い出していた細雪丸は、ここで小さく笑った。

あれには本当に驚いた。千弥の頭の中には、子供のことしかないと思っていたのに。わざわざ自分に歌を作ってくれたとは。

だが、嬉しかった。その喜びは今も胸の中で躍っている。

「あいつ……今頃どうしているかな？」

あの子供を大切に守っているだろうか？　いつか、またここに来てくれればいいのだが。そうしたら最高の雪と氷でもてなしてやろう。ああ、そうだ。ついこの前、山にやってきた兎《うさぎ》の女妖《じょよう》が、この歌を褒めてくれたことも伝えなくては。あれは嬉しかった。自分を褒《ほ》められた時より、ほっこりと胸が温かくなった。

あの女妖は歌を教えてほしがったが、細雪丸はかわりにうぶめの歌を教えた。なぜなら、千弥に作ってもらった歌は誰にも渡したくなかったからだ。

この歌は、自分だけのものにしておきたい。そのくらいのわがままは許されるだろう。

そんなことを思いながら、細雪丸は雪を食べ終え、ふたたび石の寝床に横になった。

今は夏。細雪丸にとってはまどろみの季節だ。来たるべき冬のために、まだまだたっぷり眠っておかなくては。
眠りにつく自分のために、細雪丸はそっと口ずさんだ。

さらら、さららと、雪が降る
白い山を守るのは、雪より白い細雪丸
そらそら、吹雪が呼んでいる
あっちで子供が凍えてる
こっちで子供が雪まみれ
走れ、走れ、細雪丸
子供を助けて春を待て
さらら、さららと、雪は降る
春まで積もる雪なれど
凍えることはあるまいぞ
細雪丸がおるなれば
細雪丸がおるなれば

うぶめの夜

自分がいつ生まれたのかを、うぶめは知らない。気づけば、空を飛び、泣いている子、傷ついている子がいないか探していた。誰に教えられなくても、それが自分の役目だとわかっていた。

自分の声は、子供に歌ってやるためのもの。

この柔らかな羽毛も、大きな翼《つばさ》も、子らを抱えこみ、温めてやるもの。

どんな子でもかまわなかった。どんな子でも愛しかった。

愛しい。

守りたい。

彼らのことを想うだけで、涙がこぼれるほど幸せなのだ。

うぶめは夜ごと飛び回り、寂しい子供のもとへと舞い降りた。生きている子は羽毛で温めてやり、すでに死んでしまっている子には歌を歌ってやった。

その姿は、いつしかあやかし達の間でも評判となっていたらしい。

最初に話しかけてきたのは、化け狼《おおかみ》の母親だった。

「ねえ、ちょいと。おまえさん、子供が好きなのかい？」

化け狼は、人間の姿をとっていても猛々《たけだけ》しかった。鋭い目、鋭い牙《きば》をのぞかせ、荒々しく灰色の髪を振り乱した姿に、うぶめは怯えた。

だが、子供のことで嘘はつけない。

小さくうなずくうぶめを、化け狼はしげしげと眺めてきた。と、にっと笑ったのだ。

「それじゃ、おまえさん、あたしの子達を数日預かってくれないかい？」

「え？」

「これから数日、あたしは山神様の集いに出なきゃならないんだ。でも、そこはけっこう物騒でねえ。縄張り争いをしている他の化け狼ども、それに天敵の熊人《くまびと》ども、悪賢い白鳥一族や野火狐《のびぎつね》もわんさか来るんだよ。あたしだけなら怖いことは何もないけど、子供を連れてるとなるとそうもいかない。性根の腐ったやつが、意趣返しのために、子供を狙わないともかぎらないからね」

「あの、それで私に？」

「ああ。他のあやかしは信用できないけど、どうしてかねぇ、あんたになら預けられる気がするんだよ」

子供を守りたいのだ。

母親の想いに、たちまちうぶめの心は共鳴した。

「引き受けます。必ず守ります」

それが最初の預かりとなった。

化け狼の子供らはかわいかった。ころころと丸っこく、目も口もあどけなく、うぶめにふざけかかっては、きゅいきゅい鳴く。

愛しさに身も心も満たされた。そして、満たされているうぶめは無敵だった。子供らを狙って、巣穴に滑りこんできた大蛇《おろち》も、蹴爪《けづめ》の一蹴りで撃退した。一人きりであれば、震えて縮こまるか、必死で逃げるかのどちらかだというのに。

化け狼の母親はよほど嬉しかったのだろう。その後もうぶめを頼るようになっただけでなく、あちこちに触れ回ってくれた。おかげでうぶめのことはあっという間に広まり、次次とあやかし達が子供を預けに来るようになった。

もちろん、中には不穏なものもいた。

生気をするもの。

血肉を好むもの。

不浄をまき散らすもの。

だが、どのようなあやかしの子であろうと、うぶめは分け隔てなく大切に預かり、守りきった。

子預かり屋のうぶめ。

いつしかそう呼ばれるようになった。

だが、時には預かりがない夜もある。そんな時は、うぶめはふらりと空を飛び、守るべき子供がいないか、探すようにしていた。

冬が始まったばかりのある夜のこと。それまで訪れたことのない山の上を飛んでいると、泣き声が聞こえてきた。

いる。人間の子供が二人、つらそうに泣いている。

すぐさまうぶめは声をたどっていった。

凍てついた山の斜面に、幼い娘達がいた。姉妹なのだろう。身を寄せ合い、手を取り合って、しくしくと泣いている。

その姿に、うぶめは胸がつぶれそうになった。

できるだけ脅かさないよう、うぶめは静かに子供達の前に舞い降りた。

「どうしたの？　迷子なの？」

話しかけても、子供らは顔をあげなかった。

だが、うぶめはあきらめなかった。この子達は恐らく、長いことここにいたのだ。だから、自分達のすすり泣き以外の言葉を忘れてしまっているのだろう。辛抱《しんぼう》強く話しかけた。

「ここは寒いでしょう。こちらにいらっしゃい。私の羽は温かいし、このとおり、翼も大きいから、二人を運ぶこともできる。おうちを思い出せるなら、送っていってあげますよ。だから、いらっしゃい」

ようやく二人が顔をあげた。泣きはらした青白い顔が、うぶめを見るなりほんの少し明るくなった。

「おっかあ？」

「おっかあ！　迎えに来てくれただか！」

自分の顔が「母」であることを、うぶめはすでに知っていた。かわいそうと思いながらも、うなずくことはできなかった。

「ごめんなさいね。私はあなた達の母ではないのです。でも、あなた達の望みをかなえてあげる。少なくとも、もう怖い思いはさせないから」

「……おっかあのとこに帰りてえだ」

「ここは寒いし、もうやだ。……家に連れてってくれるだか？」

「ええ。必ず」

翼を大きく開いて、うぶめは二人を招いた。

二人はおずおずと手を伸ばし、うぶめの胸に抱きついてきた。

「あ、あったけぇ」

「おっかあのおっぱいみてえだぁ」

幸せそうにうぶめの羽毛に顔をうずめる姉妹。うぶめは翼で抱きしめた。

たちまち、子供達が味わった想いが伝わってきた。

道を見失ってしまった恐怖や、芯まで凍りつくような寒さ。

母親の声と温もりを恋しがりながら、この子達は雪の中で死んだのだ。

つらい思い出やしみこんでしまった寒さを少しでも和らげたいと、うぶめは胸の中の二人に歌いかけた。想いをこめた歌声は、ゆるゆると子供らのはりつめた心を包みこんでいく。それと同時に、子供らの体は透き通り、溶けるように形を変えていく。

やがて、二枚のきれいな白い羽となって、うぶめの体に加わった。これでもう二度と、寒さを感じることはないだろう。寂しさも決して感じさせまい。

この二つの魂《たましい》の傷が癒《い》えるまで、ずっとそばにいてやろう。気持ちが落ち着き、またこの世に生まれたいと望むその時まで、いつも子守唄を歌ってあげよう。

そう心に決めながら、うぶめは翼を広げて、冬山を飛び立った。

その後も、うぶめは数々の魂を拾い上げては、温め、癒やし、浄化していった。

だが、冬山で拾い上げた姉妹はなかなか手元を離れなかった。うぶめが考えていた以上に、姉妹の傷は深かったのだ。

帰るべき家がなくなっていたことも原因の一つだろう。

山をおりてすぐに、うぶめは姉妹の家を探したのだ。だが、姉妹が山で死んでから、ずいぶんな時が経ってしまっていた。母親も父親もすでにこの世の人ではなく、姉妹が住んでいた家には別の一家が暮らしていた。

死んだことは理解できても、家族に会えないこと、家に帰れないことに、姉妹は納得しなかった。

どうして？　なんで帰れない？

混乱する子供らを、うぶめは辛抱強く説き伏せなければならなかった。もはや帰る場所はないのだと。新しい家を、新しい家族を見つけなければならないのだと。

二人がうぶめの言葉を受け入れるのには長い時がかかった。そしてその間、二人はずっとうぶめにしがみついていた。

いっそこのままでいようか。本当の我が子にしてしまおうか。

何度思ったことだろう。

だが、それは許されなかった。

うぶめは、全ての子らの〝母〟でなければならない。誰かの母親であってはならないのだ。

それに、我が子にした二人は、うぶめを独占したがるだろう。

他の子達に歌いかけないで。自分達だけを抱っこして。

甘え、嫉妬し、やがては二人の魂は堕《お》ちる。それだけはあってはならない。

自分の子にしたいという願いを押し殺し、うぶめは二人を愛し、面倒を見続けた。

ある夜のことだ。

妖怪の子預かりがなかったため、うぶめはいつものように見回りに出た。その夜は野山ではなく、人の町の上を飛んだ。橋の下で一人、川原で二人の水子を見つけ、拾い上げた。

そろそろ戻ろうかと思いかけた時だ。

涼しい秋風に乗って、軽やかな笑い声が聞こえてきた。

うぶめは思わず下を見た。

穏やかな夜の川を、ゆったりと屋形船が横切っていくところだった。船の舳先《へさき》に若い男女がいた。仲睦《なかむつ》まじげに寄り添い、水面に映った満月を指差し、笑い合っている。

うぶめは少し驚いた。男のほうは人であったが、女からは妖気が放たれていたからだ。

まじまじと見つめた。

美しい女だ。潑剌《はつらつ》とした若さにあふれている。そこそこ裕福そうな身なりで、若い女房《にょうぼう》達に人気の髷《まげ》を結っているところといい、人になりきった姿だ。だが、やはりあやかしであることは間違いない。

男はそれを知っているのだろうか？

うぶめがいぶかしがった時だ。

男が優しい手つきで女のほつれ毛をかきあげた。それに対して、本当に幸せそうに微笑《ほほえ》む女。

うぶめはようやく悟った。

この二人は想い合っている。人であろうとあやかしだろうと、二人にはどうでもよいことなのだ。

心温まる良いものを見たと、満足しながらうぶめは上空に戻ろうとした。その時、胸元がざわめいた。

騒ぎだしたのはあの姉妹だった。

「待って！」

「もう少し見ていたいだよ！」

「あの二人、もっとそばで見たい！」

ひたむきな憧れに満ちた声に、うぶめの心もときめいた。

これは、もしかしたら……。

姉妹の望みどおり、うぶめは音もなく下降していった。だが、屋形船の二人は気づかない。楽しそうに言葉を交わし、水面の月を愛でている。その仲睦まじい姿に、姉妹はますます惹きつけられたようだ。

「きれい。まるでお姫様みてえだ」

「男の人も優しそうだ。いいなぁ」

「うん。すごくいいだ」

ささやきあう姉妹。

うぶめは頃合いを見て、ささやきかけた。

「あの人達のところに行ってみますか？　あの二人の、子供になりますか？」

姉妹はびっくりしたように口を閉じた。だが、すぐにさえずるようにしゃべりだした。

「なりてぇだ！　あの二人の子供になりてぇ！」

「うんうん！　なりてぇよぉ！」

「……でもよぉ、姉ちゃんと一緒じゃなきゃやだぁ」

「おらも。また妹と一緒に生まれてぇだ」

うぶめは微笑んだ。

「あなた達を引き離すなんてことしませんよ。だって、ずっと一緒にいたんですものねぇ」

そう言って、うぶめは二枚の羽を抜き取り、ふうっと、屋形船の女へと吹きかけた。羽は嬉しそうな笑い声をあげながら、すうっと女の腹へと吸いこまれていった。

さようなら。元気に生まれておいで。今度はちゃんと大人になれますように。二人とも幸せになりますように。さようなら。

一抹《いちまつ》の寂しさと、それを上回る喜びを味わいながら、うぶめはまた夜空へと羽ばたいていった。

「あら？」

水面を眺めていた初音《はつね》がふいに顔をあげたので、久蔵《きゅうぞう》は何かあったかと思い、声をかけた。

「どうしたんだい、初音？」

「何か今……笑い声が聞こえなかった？」

「笑い声？」

「そう。小さな子供達の」

久蔵は首をひねった。ここは川の上。しかも夜である。小さな子供を夜更かしさせて、川遊びさせるような親はいないはずだ。

空耳だろうと思ったが、そんな野暮なことは言わず、久蔵はにっと笑いかけた。

「さてね。俺はおまえしか見ていなかったからねぇ」

「ふふ。そんなにわたくしに見惚れていて？」

「いくら見たって飽きないいね」

歯の浮くようなことを平然と口にする夫に、初音はにこりと微笑みながら空を仰いだ。

「それにしてもいい月だこと。それに、屋形船がこんなに気持ちいいものだとは知らなかった。……ねえ、また連れてきて」

「いいともさ。かわいい女房のためなら、屋形船くらい、いつだって喜んで手配するよ」

「嬉しい。……ねえ、来年のお月見は子供と一緒にできたらいいわねぇ」

「そればっかりはわからんね。子供は授かりものだから。ま、俺としてもがんばりたいところだけど」

「まっ！」

にやつく夫のあけすけさに頰を染めつつ、初音はもう一度月を見上げた。

「……でも、思うのよ。来年はきっと、わたくし達だけではないと思うの。感じたのよ」

「はいはい。それならせいぜいがんばりますよ」

「んもう！　ちゃんと真面目に聞いて！」

「ははは！　怒っても初音はかわいいよ」

じゃれあう二人を乗せて、屋形船はゆっくりと川を横切っていく。月は天空に浮かび、同時に水面にも映っている。

まるで双子のようだと、風がささやいた。

へちまの受難

一

「なんかよぉ、長くて、ふにゃっとしてて、へちまそっくりじゃねえか」

口の悪い人は、貸し道具屋古今堂《こきんどう》の若旦那《わかだんな》、宗太郎《そうたろう》のことをそう称す。

確かに顔は馬面で、鼻もあごもふにょんと長く、ぶらぶらと揺れる大きなへちまのようだ。

だが、そんな見た目に反し、非常に肝《きも》は据わっていた。

なにしろ、貸し道具屋などという因果な商売をやっているのだ。

手放しがたい大事な物を、生きるために手放す人々が日々ここへやってくる。店にある品を借り出す客も、様々な事情を抱えている。

悲しみ、見栄、悔しさ、怒り。

そんなものが渦巻くのが古物《ふるもの》というものだ。それらに幼い頃から囲まれていれば、自然と性根は鍛えられる。弱ければ、古い物にこめられた念に、物に執着する人々の想いに負けてしまうからだ。

だから、宗太郎は常日頃から心を荒《すさ》ませないよう、心がけていた。「へちま旦那」とか「若へちま」と呼ばれようと、気にもとめない。にへらと、笑うばかりだ。

だが、その夏、父親の宗右衛門《そうえもん》に「ちょっと二階に来ておくれ」と呼ばれたとたん、宗太郎の心は波立った。

これはよくない感じがする。だいたい、父親がこうして呼ぶのは何か相談事があるということなのだ。

「面倒なことじゃないといいんだけどねぇ」

ため息をつきながらも、店の二階にある座敷《ざしき》に入った。すでに父親は座布団に座っていた。

父の宗右衛門は、息子がへちま顔なのに対し、かぼちゃのように大きくごつごつした顔をしている。「かぼちゃ親父」と、こっそり陰で言う者もいるらしい。

その大きなごつい顔が、今は憂鬱《ゆううつ》に沈んでいる。その前には小豆《あずき》色の小さな袱紗《ふくさ》包みが置いてあった。

ますます嫌な予感を覚えたものの、宗太郎は父親に笑いかけた。

「どうしたんです、おとっつぁん?」

「……これを見ておくれ」

宗右衛門は言葉少なにそう言うと、袱紗包みをさっと開いた。

現れたのは、櫛《くし》だった。象牙《ぞうげ》から削り出されたもので、少し黄ばんでいるが、欠けたところはどこにもない。なにより細工がすばらしかった。一面に精緻《せいち》な波模様の彫刻が施されているのだ。よく見ると、逆巻く波間からは、美しい御殿が顔をのぞかせている。

竜宮城《りゅうぐうじょう》だと、宗太郎は気づいた。海の中にあるという伝説の御殿を思い浮かべて、職人はこの櫛を作り上げたのだろう。

だが……。

宗太郎の首筋に薄ら寒いものが走った。

これはいけない。

まずそう思った。そしてそういう勘はまず外れたためしがないのだ。

念のため、宗太郎は用心深く父親の顔を見た。

「おとっつぁん……この櫛、買ったんですか？」

「……どうしてもと言われてね。ただで引き取ったんだよ。というより、押しつけられた感じかな」

ますますいけない。

宗太郎は暗澹《あんたん》たる気持ちになった。

もう一度、櫛を見た。どこから見ても見事な細工物。これなら家宝として伝わってもおかしくない。それがこんな貸し道具屋に流れ着くとは。理由は一つしか思い当たらなかった。

不吉。

縁起の悪い品、妙に凶事を重ねる品というのは、間違いなく存在する。そのことを宗太郎は嫌と言うほど知っていた。

「……誰から押しつけられたんです？」

「紅葉池《もみじいけ》のそばにある老舗《しにせ》料亭の嘉風《かふう》、知っているかい？」

「ええ。お大尽達がよくお忍びでやってくると聞いています」

「売りに来たのは、あそこの主人だ。娘さんに不幸があって、それでこの櫛を手放したいとね。……おまえ、どう思うね？」

「……怪しいですね。少し調べてみますよ。あたしがいいと言うまで、この櫛は店には出さないでください」

「わかったよ。店番は当分いいから、調べるのに専念しとくれ」

「はい」

阿吽《あうん》の呼吸で親子は話をまとめた。

その日のうちに、宗太郎は料亭嘉風に向かった。

紅葉池は、その名のとおり、紅葉の木立に囲まれている。その風流な景色は、四季を通して美しい。この夏の日差しの中にあっても、青々とした緑の紅葉の木陰は涼しく、澄み切った池の中を鯉《こい》が泳いでいく様は、人をほっとさせる。

池の景色を存分に楽しめるようにと、まわりには茶店や小料理屋などが並んでいる。その中でもひときわ立派に構えているのが嘉風だ。

が、その日の嘉風は閉まっていた。門は堅く閉ざされ、雨戸も立てられている。何もかもあぶりだすような強烈な日光でさえも、嘉風からにじみ出る薄暗さを和らげられずにいる。

宗太郎はまずは近くの茶店に入り、茶と団子を注文した。そして団子を運んできてくれたおかみに話しかけた。この夏は暑すぎるだの、最近流行りの絵双紙《えぞうし》のことだの、当たり障りのない話題でおかみの心をほぐしたところで、さりげなく切り出した。

「ところで、あそこの店は何かあったんですかねぇ。こんないい天気だってのに、雨戸まで立てているなんて」

「ああ、嘉風ねぇ」

たちまちおかみの顔が曇った。だが、その口元はうずうずとしている。話したくてたまらないと、唇が震えているのだ。

「あそこはその……ついこの前、ちょっと不幸があったものだから」

「へえ、それはちょっと聞きたいですね」

心付けをはずんだところ、おかみはべらべらとしゃべってくれた。

「まあ、あんまり大きな声じゃ言えないんですけどねぇ。あそこにはおきみちゃんって、一人娘がいたんですよ。年頃で、そりゃもう花も恥じらうくらいきれいな娘さんでねえ。で、嘉風の旦那さんもおかみさんも、目に入れても痛くないくらい大事にしていましたよ。近々そのおきみちゃんが婿を迎えるって話になったんです。相手は、ええっと、名前は忘れたけど、同じような老舗料亭の次男坊でね。巷《ちまた》の娘達に騒がれるほどのいい男ということで、おきみちゃんもすっかりのぼせあがっちゃって。ええ、ええ、そりゃもう嬉しそうで幸せそうで」

だからこそ、あんな不幸が起きるなんて思いもしなかったと、おかみは声を一気にひそめた。

「まさかその不幸っていうのは……おじょうさんが？」

「そうなんですよ！　おきみちゃんが亡くなってしまったんですよ！　それも病気や怪我なんかじゃなくて、自分からそこの紅葉池に飛びこんだらしくて」

「それじゃ、身投げを？」

「ええ。ええ。ほんとにかわいそうでねぇ。あの日はここら一帯が大騒ぎになりましたともさ。あの子が水から引き上げられた姿は、あたしも見てるんです。目に焼きついてしまってますよ」

主《あるじ》夫婦の嘆きようは見ていられなかったと、おかみは沈痛に言った。

「おかみさんも旦那さんも、おきみちゃんにしがみつくようにしてねぇ。なんでなんでと叫んでましたよ。わけがわからなかったんでしょう。幸せそうだった娘がまさか池に身投げするなんて、夢にも思わなかったはずですよ」

「わからないですねぇ。幸せだったのに、身投げ、ですか？」

「ほんと。でも、あたしが思うに、許婚《いいなずけ》の色男が原因ですよ」

今度はおかみは目をつりあげた。

「許婚が？　どうしてです？」

「だってねぇ、お客さん、おきみちゃんは水から引き上げられた時、しっかりと櫛を両手で握りしめていたんですよ」

宗太郎の体に緊張が走った。だが、むろん顔には出さない。

「櫛がどうかしたんですか？」

「その櫛ってのは、許婚がおきみちゃんにあげたものだったんですよ。あたしもおきみちゃんから見せてもらったけど、象牙でできていて、波模様が一面に彫りつけてあって、きれいないい物でしたよ」

「それを許婚が？」

「そうだって言っていました。自分のために特別に奮発《ふんぱつ》して手に入れてくれたんだって、おきみちゃん嬉しそうに笑っていましたよ。それを握りしめて死んだってことは、ねえ、お客さん、わかるでしょう？」

「……その許婚が、おきみさんを裏切るようなことをした、とか？」

「嘉風の旦那さん達も、まっさきにそれを疑って、色男を問いただしたそうですよ。向こうは身に覚えがないと言い張っているそうだけど、ふん、どうだかねえ。ああ、ほんとにおきみちゃんが不憫《ふびん》ですよ」

おかみはまだまだ話したい様子だったが、これだけ聞けば十分だ。多めの代金を支払って、宗太郎は茶店を出た。

死んだおきみが持っていた櫛というのは、まず間違いなくあの象牙の櫛だろう。なるほど、嘉風の主が手放したがるのも無理はない。

ともかく、ただだった理由はこれでわかった。古い品に人の死はつきもの。割り切って、店に並べればいい。

いつもであれば、さっぱりとした気分でそう思ったことだろう。だが、今回はそう思えなかった。何かが心に引っかかっている。

とても幸せそうだったのに。

おかみの言葉がこだまのように頭の中に響いている。

宗太郎は長い顎をさすった。

「……もう少し調べてみるかねぇ」

我ながら面倒な性分をしていると苦笑しながら、宗太郎は今度はそばにあった小料理屋に聞き込みに入った。

二

宗太郎はげんなりしていた。

「まいった、ねぇ……」

この数日で、宗太郎は象牙の櫛の来歴をあらかた把握していた。そうしてわかったのは、この櫛に関わった人間が三人も死んでいるということだった。

一人目はさる旗本のご新造《しんぞ》。

二人目は大きな米問屋の大おかみ。

そして、料亭嘉風の娘おきみ。

いずれも櫛の持ち主だった女で、みんな自死している。それも決まって溺死だ。

それだけでもぞっとする話だが、この女達にはもう一つ共通点があった。

「あの人が自ら命を絶つなんて、思いもしなかった」

故人を知っている人達は、口を揃えてそう言うのだ。

家族に恵まれ、不自由のない暮らしを送っていた女達。幸せな女達。それが、なぜか死んでいっている。しかも、必ず例の櫛を身につけてだ。こんなのはできすぎている。どう考えてもおかしい。

だが、持ち主に災いをもたらす物かと思いきや、そうとも言えないということがわかった。中には天寿を全うするまで、櫛を持ち続けた女もいたのだ。

例えば、米問屋の大おかみのあとに、櫛を手に入れたおまさだ。そこそこ大きな薬問屋、千神堂《せんしんどう》のおかみで、四十五の時に古物商より櫛を買った。その後、風邪をこじらせて亡くなるまでの十年間、櫛の持ち主であり続けた。

宗太郎はおまさの娘に話を聞くことができた。今年三十になる娘のおせいは櫛のことをよく覚えていた。

「ああ、あの櫛ねえ。懐《なつ》かしい。ええ、母のお気に入りでしたよ。たまたま、信じられないような安さで手に入ったって。どこで手に入れたかは、私にも教えてくれなかったけれど。おおかた、古物商の善吉《ぜんきち》さんからでしょうね」

「そうですか。あんないい櫛を持てるなんて、お母上はさぞお幸せだったんでしょうねえ」

「幸せ？」

宗太郎の相槌に、おせいの顔が奇妙に歪んだ。

「……いいえ。母は不幸な人でしたよ。父はよそに女を作っては、遊び回っていましたから。父が家を留守にしている時、母はよくこの櫛を手に持って、じっと見ていましたよ。一人でね。この櫛が父の買ってくれたものだったら、どんなによかったんだろうって、思っていたんだと思います」

「そ、そうでしたか」

「でも、不思議なんです。そんなに大切にしていた櫛を、亡くなる前に手放したんです。てっきり娘の私にくれると思ったのに。……ねえ、あなた。もしかして、あの櫛をお持ちなんじゃ？　だって、わざわざ由来を確かめに来たのでしょう？　もしそうなら、私に売ってくださいな」

おせいは熱心に頼んできたが、すでに売り手は決まっているのでと、宗太郎はやんわり断った。

おせいは母の形見としてほしいようだが、あれは形見の品となるような物ではない。下手をすると、おせいの命を奪いかねない。そんな気がした。

おまさの他にも、生きのびた女達はいるにはいた。だが、誰も幸せな人生を送っていない。

調べれば調べるほど、宗太郎は暗い気分になってきた。

「これはもう……だめだね」

答えは出たと、宗太郎は自分の家に戻った。

数日ぶりに会う息子を見るなり、宗右衛門はあきれたように噴き出した。

「おやまあ、ひどい顔だ。無精ひげなんて生やして。まるで黒かびの生えた青びょうたんみたいだよ」

「実の親がそれを言いますか？」

「すまないすまない。……で、どうだったね？」

宗太郎はまっすぐ父親を見返した。

「あの櫛は今すぐ寺にやってしまうのがいいでしょう」

「お祓《はら》いかい？」

「いえ、頼んで燃やしてしまったほうがいいと思います。あの品は世に出ちゃいけないものだ」

「……わかった」

宗右衛門はうなずいた。なぜと聞くこともなければ、もったいないと嘆くこともない。息子がこう言うからには理由があると、わかっているのだ。

宗右衛門は戸棚から櫛を取り出し、宗太郎の前に置いた。宗太郎はもう一度櫛を見つめた。

持ち主が死ぬたびに、この櫛は質屋などに持ちこまれたらしい。縁起が多少悪かろうと、質屋は頓着《とんちゃく》せずに店に並べたことだろう。そして、この見栄えのよさゆえに、すぐに買い手がつくというわけだ。そのうちの一人が、おきみの許婚だった。おきみを喜ばせたくて、二束三文で売っていた櫛を買ったらしい。

気の毒に。

心の中でつぶやく宗太郎に、宗右衛門は言った。

「あいにく、今日はこれから寄り合いがあるんだよ。悪いが、おまえが寺まで行ってきてくれるかね?」

「いいですよ」

「それと、寺から戻ったら、風呂にでも入りなさい。けっこう臭いだしているよ」

「……この暑いさなか、櫛の謂《い》われを探って、あっちこっち歩き回ったんですよ。もう少し息子をねぎらってくれてもいいんじゃありませんか、おとっつぁん?」

「そりゃまあ、そうだが。でも、臭うものは臭うからねぇ」

「……帰りに風呂屋に寄ってきますよ」

宗太郎は櫛を受け取り、また外へと出て行った。

じきに日が暮れるはずだが、暑さはまだまだきつかった。そう汗っかきでもない宗太郎でも、たちまち汗がにじみ出てくる。

「こりゃ臭いと言われてもしかたないか」

とっとと寺に櫛を預け、風呂屋に行きたい。あと少しで何もかも片づくのだ。

宗太郎は急ぎ足で近所にある西光寺《さいこうじ》へと向かった。

ここは小さな寺で、あまり普通の参拝客はやってこない。かわりにやってくるのは、なんらかの事情でお祓いや焚き上げを希望する客ばかり。

そう。その筋では有名な寺なのだ、ここは。

住職は玄楽《げんらく》という名の体の大きな豪快な破戒僧《はかいそう》で、顔つきも何も脂ぎっている。金に卑《いや》しく、酒に目がなく、色町にも頻繁《ひんぱん》に通うという、とんでもない坊主なのだが、憑き物落としの技は確かで、またどんないわく付きの品でも引き受けることから、頼りにする者達は多いのだ。

やってきた宗太郎を、玄楽は両手を広げて出迎えた。

「おお、へちまの若旦那。また拙僧《せっそう》に助けを求めに来られたか」

「……そんな嬉しそうに笑わないでくださいよ」

「すまんすまん。最近懐《ふところ》が寂しくてな。お得意様が来たと、つい嬉しくなってしまった。それで、今回は何をご所望かな？」

「お焚き上げを頼みたいんです」

宗太郎が櫛を見せたところ、玄楽はずばりと言った。

「なるほど。嫌なものだ」

「やはり、何か憑いていますか？」

「化け物の類いではない。もっと恐ろしいものだ。確かに、こんな物はとっとと燃やしてしまったほうがいいな」

依頼された品物をだましとったり、横流ししたりすることは決してしない。この破戒僧の数少ない長所だ。だからこそ、少々代金をふっかけられたとしても、安心して頼める。

金をもらうと、玄楽はほくほくした顔で約束した。

「まかせてくれ。近日中にきっちり片をつけてくれよう」

「今日やってくれないんですか？」

「今日はだめなのだ。その……これから客が来るのでな」

客は女だなと、すぐ宗太郎は察した。

「あきれましたねぇ。ここ、お寺なんですよ？」

「おいおい、勘違いをしてくれるな。客が来ると言っても、若旦那が思っているような相手ではないぞ。今夜はちゃんとした仕事なのだ」

「今夜は、ということは、そうでない時もあるということですね？」

まあなと、玄楽は悪びれた様子もなく、鼻の下をこすった。

「そう堅いことを言わんでくれ。しおれた花が水を欲するように、拙僧にも潤《うるお》いは必要じゃ。第一、禁欲なんぞ、なんの役にも立たん。金がなくて、ひと月ほど女に触れられなかった時なんぞ、頭の中に女の裸がちらついて、憑き物落としもしくじるほどであったわ」

「……いっそ清々しいほどの破戒僧ですね」

「うむ。褒《ほ》め言葉として受け取っておこう。さ、安心して帰った帰った」

追い出されるように寺の外に出され、宗太郎はため息をついた。ここ数日は忙しく動き回っていたが、なんだか今のでどっと疲れが押し寄せてきた。

「風呂、行こうかねぇ」

ここから一番近い風呂屋に行くには、寺の裏手に広がる墓場を突っ切っていくのが近道だ。まだ明るかったこともあり、宗太郎は迷わず墓場に踏みこんだ。

西光寺の墓場は、住職がほとんど手入れをしていないので、荒れ果てている。墓のほとんどが無縁仏ということもあり、墓参りをしに来る人達がいないから余計にうら寂しい。

さらに中央には深い池が黒々と水をたたえ、太い柳の木がそばに立ち、女の髪にも似た枝を恨めしげに揺らしているときた。

真っ昼間でも幽霊が出そうだと、宗太郎は足早に前に進んだ。だが、柳の木を通り過ぎたところで、はたと足が止まった。

少し先で、若い男が一人、墓に向かって手を合わせていたのだ。

その横顔を見たとたん、宗太郎は思わず声をあげていた。

「久蔵さん?」

三

宗太郎の声に、手を合わせていた男ははっとしたように顔をあげた。宗太郎を見るなり、ぱちぱちと目をしばたたかせる。

「……古今堂の若旦那じゃないか。ど、どうしてこんなところに?」

「それはこっちの台詞《せりふ》ですよ。……やっぱり久蔵さんだ」

久蔵は、あちこちに長屋を構える大家の息子である。どら息子として有名で、散々遊びと悪さをしでかしては、親に迷惑をかけていたとか。

それなりにつながりがあるため、久蔵の遊びっぷりは古今堂にもよく届いた。そのたびに、「あたしの息子がおまえで本当によかったよ」と、宗右衛門は宗太郎にしみじみつぶやいたものだ。

だが、遊び人であっても、どら息子であっても、宗太郎はけっこう久蔵のことを好もしく思っていた。挨拶くらいしか交わしたことのない相手だが、なんというか性根は腐っていない感じがしたのだ。それに、愛嬌《あいきょう》のある甘い顔立ちは、人を惹きつけるものがある。ちょっとうらやましいと、へちま顔の宗太郎は思わぬでもない。

その久蔵も、去年妻を迎えたことで、すっかり落ち着いたという。近頃は真面目に親を手伝って、夜はどこにも遊びに行かず、妻の待つ家へと飛ぶように帰るのだとか。

なのに、今日はどうしてこんな墓場に来たのだろう？

宗太郎には見当もつかなかった。

一方、久蔵のほうもうさんくさそうに宗太郎を眺めていた。

「しばらく会わない間に、ずいぶん日に焼けたものだね。一瞬、誰かわからなかったよ」

「ええ、まあ、ここ数日外を歩き回っていたので」

「そりゃ暑い中、ご苦労さんで。さすが働き者の古今堂の跡取りだ」

「そういう久蔵さんだって、最近はよく働いているそうじゃありませんか。あ、そう言えば、もうじきお子さんも生まれるのでしょう？」

人の噂というやつはと、久蔵は苦笑いした。

「古今堂さんのとこにまで届いているのかい？　いや、まいったねぇ」

「いい噂なんだから、いいじゃありませんか。おめでとうございます」

「ありがとさん」

心底嬉しそうに笑う久蔵に、宗太郎のほうまで嬉しくなった。風呂屋のことも忘れ、少し話がしたくなった。

「そう言えば、そちらの店子《たなこ》の弥助さん。最近とんとうちに来てくれないんですけど、何かあの子のこと、知っていませんか？」

「弥助ぇ？　あいつ、若旦那の店に出入りしていたのかい？」

「ええ。よく変な物を借りていきましてねぇ。去年の夏なんか、火鉢を貸してくれだなんて言ってきましたよ」

「………」

「訳を知っているようですね」

「人の顔を読まないでほしいもんだ。あー、まあ、店子のことをべらべらしゃべるわけにゃいかないからね。そのことはともかく、あの小僧はちょいと体の調子を崩してたらしいよ。それで、しばらく外も出歩かなかったらしい」

「それは……大丈夫なんですか？」

「平気平気。昨日見舞いに行ったら、おまえの顔なんざ見たかないと、元気に追っ払ってきたからね。暑さでちょいとまいっていただけだろうさ。ほんと、かわいげのないやつだよ」

今度は宗太郎が目をしばたたかせる番だった。

「あの弥助さんがそんなことを？」

宗太郎が知っている弥助は、いつも元気が良くて、でもきちんとしている子供だ。借りた道具も壊すことなく返すし、こちらへの礼や挨拶を欠いたこともない。見舞客を追い払うなど、想像できなかった。

そう宗太郎が言ったところ、久蔵は悔しげに舌打ちした。

「あの小僧は俺にだけ牙《きば》を剝くんだよ。ほんっとに憎たらしいやつさ。漬物の一つや二つ、食ったからって、いつまでも根に持ちやがって。あと、千さんを飲み屋に連れ回して、何が悪いってんだか。それから小さな頃に便所で脅かしたことだって、ただのおふざけだってのに」

「あ、もういいです」

どうやら久蔵には余罪がどっさりありそうだ。詳しく聞いていたら、日が暮れてしまう。それよりも、もっと聞きたいことがある。

そろそろ切り出してもいいだろうと、宗太郎は墓のほうを見た。まだ新しそうな墓石で、銘は刻んでいない。だが、かわいらしい手鞠《てまり》と花が供えてある。間違いなく久蔵が供えたものだろう。となると……。

「これはどなたのお墓なんです？」

久蔵の顔から表情がすっと消えた。

「……あんた、顔に似合わず、ずばりと聞いてくるお人だね」

「すみません。久蔵さんが墓参りするなんて、なんだか不思議だなと思いまして」

「………」

「よほど大事な人だったんでしょうねぇ」

ふうっと、久蔵が息を吐き出した。

「夏ってのは、奇妙な話をするのにぴったりだ。若旦那さえよければ、俺の話を聞いてもらいたいんだけどな」

「伺いましょう。こう見えて、不思議なものや話は慣れっこなんです。滅多なことでは腰を抜かしたりはしませんよ」

「でも、俺のことを頭のおかしなやつと思うかもしれない」

「あ、ずっと前からそう思っていたので、その点は心配無用です」

「……あんた、けっこう辛口だねぇ」

気に入ったと、久蔵はにやりとした。

二人はそばにあった石の上に腰掛けた。寄ってくるやぶ蚊をばしばしと叩きながら、久蔵はゆっくりと語りだした。

「去年のことさ。俺は……長い夢を見たんだよ。すごくはっきりしていて、現《うつつ》としか思えなかった。その夢の中で、俺は娘を育てたんだ」

「娘、さんですか？」

「ああ、俺の子さ。琴音《ことね》って名前をつけて、毎日毎日ひたすらかわいがったよ。すごくかわいい子でねぇ。笑った顔なんか、牡丹《ぼたん》の花のようだった」

今でも鮮やかに思い出せると、久蔵は言った。

「……夢の中ではあれよあれよと時が過ぎ、娘はますます美人になっていった。もう俺は気が気じゃなくてね。変な虫がつかないよう、目を光らせたよ。だけど……琴音は死んでしまったんだ。俺は、大事な娘を守り通せなかった……」

そうつぶやく久蔵の声はひどく苦しげだった。悲しみがひしひしと伝わってきて、宗太郎は胸が苦しくなった。急いで言った。

「でも、それは夢だったんでしょう？」

「ああ、正真正銘の夢だよ。でも、夢の中で俺に琴音という娘がいたこと、その子を育てたということもまた本当のことなんだ。俺はあの子を失っちまった。それがどうにもやりきれなくて……」

それで墓を作ることにしたのだと、久蔵はそっと打ち明けた。

「もちろん、骨なんかありゃしない。ここにあるのは、ただの墓石だ。でも、俺は……なんというか、そうせずにはいられなかった。こんなこと、誰にも言えなかったよ。親にも女房《にょうぼう》にもね。だから、こっそりここの住職を頼ったんだ。あの坊さんなら、頼めばなんとかしてくれると思って」

「玄楽さんをご存じだったんですね」

「ご存じも何も、あの人は昔からの友達だよ。あちこちの悪所《あくしょ》で顔を合わせるうちに、意気投合しちまってね。金を借りたこともあるし、肩を並べてちんぴらどもと喧嘩したこともある」

「なるほど。悪さ仲間ってことですね」

「あんた、ずばずば言うねぇ。ともかく、あの坊さんはよくやってくれたよ。何も言わずに墓を用意して、葬式をあげてくれたんだから」

「でも、お金は取られたんでしょ？」

「そこのところはきっちり。ごうつくばりだからね、あの生臭坊主は。ま、俺の話はこんなところだ。どうだい？　おかしいと思うだろう？」

自嘲《じちょう》的に笑う久蔵を、宗太郎はじっと見た。

夢の中で慈《いつく》しんだ子供。

夢の中で失った子供。

その幻の子供のために葬式をあげ、墓を作る。

確かに奇妙な話だ。奇妙と言うより、ぞっとすると言ってもいい。

だが、宗太郎は久蔵を笑う気にはなれなかった。だから正直に言葉を返した。

「妙な話だとは思いますよ。でも、供養したいならするべきです。そもそもあたしは、葬式とか供養とかは残された家族が心の痛みを和らげるためのものじゃないかって、思っているくらいなんで」

心底びっくりしたような顔をする久蔵に、宗太郎はさらに言葉を続けた。

「それに、おかしな話なら、あたしも一つ持っているんですよ。お返しがわりと言っちゃなんだけど、今度はあたしの話を聞いちゃもらえませんか？」

「……いいとも」

「では。あたしがここに来たのは、ある物をお焚き上げしてもらうためでしてね」

宗太郎は、不吉な櫛と、それにまつわる三人の死のことを洗いざらい話した。

久蔵の端整な顔が少し青ざめた。

「女を殺す櫛か。……おっかないねぇ」

「ええ。商売柄、時々こういう品にぶち当たることがあるんですよ。呪いにしろ祟《たた》りにしろ、それが本当であるかぎり、売ることも貸すこともできやしません」

「だから、玄楽さんに引き渡すと。だけど、そんな厄介そうなもの、あの生臭坊主の手に負えるのかね？」

「その点は問題ありません。あの人はそういうことにかけては強いんです」

「へえ。あんなろくでなしがねぇ」

首をひねりつつも、久蔵は立ち上がった。その顔はだいぶ明るくなっていた。

「ま、とにかく若旦那と話せてよかったよ。俺の他にも、琴音のことを知っている人間がいるっていうのはいいもんだ」

「……ほんとに大事な娘さんだったんですねぇ」

「ああ。これからもここには詣《もう》でるつもりだよ。それにしても……さっきの言葉は嬉しかったな」

「え？」

「ほら、葬式とか供養とかは、残された家族のためにあるって。あれでぐっと気持ちが楽になった」

ありがとうよとつぶやく久蔵に、宗太郎はにこりとした。

「久蔵さんはいい父親ですね」

いい父親になれますね、とは言わなかった。

そのちょっとした気遣いに、久蔵はすぐに気づいたらしい。もったいなかったなと、つぶやいた。

「若旦那とはもっと早くに仲良くなっておけばよかったよ。……ね、今度一緒に酒でも飲まないかい？」

「いいですけど、そうも言ってられないんじゃないですか？　もうじきお産があるんでしょ？」

「あ、そうか」

「無事に生まれるといいですね。そうだ。もしかしたら、女の子だったりして」

とんでもないと、なぜか久蔵は身震いした。

「娘はもうこりごりさ。夢の中じゃ、変な野郎が寄ってこないかと、一瞬たりとも気が抜けなかったからね。生まれるなら、絶対男がいい。うん。持つべきものは息子にかぎる！」

「やれやれ、そんなこと言っちゃって」

「ま、それじゃ、そろそろここを退散しようじゃないか。このままだと、一滴残らず蚊に血を吸われちまう」

「そうですね」

うなずき、宗太郎も立ち上がりかけた時だ。がさがさっと、草を踏む音がして、若い娘がまっしぐらにこちらに駆けてきた。

四

娘の年頃は十五か十六。上等な振り袖をまとい、薄紅色の花かんざしをさした身なりからして、大店《おおだな》の娘と思われた。

が、裾を蹴り上げるようにして走っているため、襦袢《じゅばん》がはみ出し、白い足袋《たび》は草の汁や土で汚れ、髷《まげ》も乱れている。その目はうつろで、焦点が合っていなかった。

ひゅっと、宗太郎は息を詰まらせた。こちらに向かってくる娘の手に、あの象牙の櫛が握られているのを見たのだ。

「そんな！」

宗太郎が声をあげるのと、娘が走ってきた勢いのまま、池へと頭から飛びこむのとは同時であった。大きな水しぶきが、宗太郎と久蔵にまでかかった。

呆然としていたのは一瞬で、宗太郎は我に返るなり、池に飛びこんだ。何も考えていなかった。体が勝手に動いたのだ。

そのまま無我夢中で水をかき、娘の長い袖をなんとかつかんだ。だが、水から引っ張り上げるには、その体はあまりにも重かった。

そう言えば、あたしは非力だったよ！　おまけに金槌じゃないか！

そのことに気づいたとたん、急に水が口の中にがぼがぼと入ってきた。むちゃくちゃに暴れると、娘の袖や帯が足に引っかかり、余計に身動きがとれなくなった。

一方、娘はすでに気を失っているのか、まったく動かない。漬物石のごとく沈んでいくだけだ。

娘の重みに引っぱられ、宗太郎はついに完全に水中に引きずりこまれた。焦って息を吸ったとたん、今度は思いきり鼻から水を吸ってしまい、頭の奥がきんと痛くなる。

ぶくぶく泡を吹きながら、宗太郎は上を見た。手を伸ばせば届くところに、水面が光っている。わずかなその距離が、なぜこれほど遠いのか。

絶望のあまり悲鳴がこみあげた。

死にたくない！　死にたくない！

頭の中がその言葉でいっぱいになる。

その時、どーんと、音を立てて、久蔵が水の中に飛びこんできた。

久蔵は褌《ふんどし》一丁の姿となっており、河童《かっぱ》のように宗太郎達のほうへと泳ぎよってきた。

助けに来てくれた。これで助かる。

夢中でしがみつこうとしたとたん、宗太郎は顎を殴られた。いきなりのことに体が痺《しび》れた。

動けなくなった宗太郎のえり首をつかみ、久蔵はぐいっと浮上した。

大きな音を立てて、宗太郎は水から顔を出すことができた。甘い空気が空っぽになった胸に入ってきた時は、涙があふれた。

息ができる！

むさぼるように空気を吸う宗太郎の手に、久蔵は何かを押しつけた。

「こいつにしっかりつかまってな！」

「は？　きゅ、久蔵……」

「いいから！　早く！」

そう叫ぶと、久蔵は宗太郎を放し、また水に潜っていってしまった。

久蔵がいなくなってしまった！　沈んでしまう！　溺れてしまう！

だが、久蔵が渡してくれたものが、宗太郎の体をつなぎとめてくれた。涙と水でぼやけた目で、宗太郎はそれを見た。幼子ほどの大きさの木片だった。恐らく墓場に転がっていた倒木のかけらだろう。宗太郎がしがみついても沈まない。

池に飛びこむ時に久蔵はこの木片を一緒に持ってきたのだろう。

　これは命綱だ。

　宗太郎が理解した直後、ぶはっと、久蔵がふたたび水面に顔を出した。今度はその腕に娘を抱えていた。娘は目を閉じ、真っ白な顔でぐったりとしている。

「い、生きてますか？」

「わからないよ！　でも相当水を飲んでいるはずだ！　は、早く吐かせないと、まずい！」

　そう言いながら、久蔵は片腕を伸ばし、木片をつかんだ。そのまま息を少し整えたあと、久蔵は宗太郎の顔をのぞきこんだ。

「いいかい？　俺はこれからこの娘を岸まで連れて行く。あんたはその間、ここで待っていてくれ。いくら俺が泳ぎが達者でも、二人抱えて運ぶのは無理だからね」

「………」

　情けないことだが、宗太郎は泣きそうになってしまった。久蔵が舌打ちした。

「そんな捨てられる子犬みたいな目をしないでおくれよ。大丈夫だよ。これにつかまっていれば、溺れることはまずないからさ」

「は、はい」

「じゃ、すぐに戻るから」

娘の顔が水に浸からないよう、久蔵は娘をあおむけにさせ、その首に腕を回した。そうして岸に向かおうとしたところで、久蔵はぎょっとしたように身をこわばらせた。

「ど、どうなってんだい？」

「えっ？」

宗太郎も目を見張った。

いつの間にか、宗太郎達は大海原のまっただ中にいたのだ。

墓場も柳の木も消えてしまっていた。池もだ。まわりには、灰とも青ともつかぬ暗い色をした水がどこまでも広がっていた。波は荒く、白く泡立ちながら、宗太郎達に容赦なく打ちかかってくる。

木の葉のように波にもてあそばれそうになり、宗太郎は女のような甲高い悲鳴をあげた。

「あ、ああ、どうしよう！　あたし、金槌なんですよぉ！」

「馬鹿！　し、しがみつかないでくれ！　また殴るよ！」

「あっ！　そう言えば、さ、さっきはよくもあたしの顎を！」

「溺れて半狂乱になってるやつは、殴っておとなしくさせるのが一番手っ取り早いんだよ！　だいたい、金槌なら最初から池に飛びこんだりするんじゃないよ！」

「わ、忘れていたんですよぉ！」

半ばやけくそのやりとりをしている間も、波は宗太郎達にぶつかってくる。顔にかかるしぶきは生温かく、べたべたとしていて、ひどく塩辛く苦かった。

涙のようだと思った時、波の中からぬうっと象牙の御殿がせり上がってきた。

あまりのことに、宗太郎も久蔵も声を失った。筍《たけのこ》のようにのびる御殿をただただ見つめるしかない。

御殿はそれは立派なものだった。その柱、欄干《らんかん》のついた渡り廊下、屋根に至るまで、真っ白な象牙でできている。そして、一番上の渡り廊下には、女が一人立っていた。

「お、乙姫？」

実際、女は乙姫のような雅《みやび》やかな装束をまとっていた。長い領巾《ひれ》が優雅に翻《ひるがえ》り、帯は銀、衣は金と、絢爛《けんらん》豪華だ。

だが、その顔は美女からはほど遠かった。

ごっそりと肉が落ちているため、頬骨が突き出たようになって、顔全体が四角く見える。平たい鼻、毛虫のように太い眉。肌も土気色で、おまけに吹き出物だらけだ。なによりその目は奈落の底のごとく暗かった。

いったい何者だと、溺れかけていることも忘れて、宗太郎は女を見つめた。

だが、女は宗太郎を見なかった。そのまなざしは久蔵をも素通りし、気を失っている娘だけに注がれる。

ひたと娘を睨《にら》みつけながら、女は口を開いた。そのぼそぼそとした声は、うねる波の音にかき消されることなく、宗太郎達の耳に届いた。


亭主はね、腕のいい櫛職人だったんだ。特に彫るのが上手でねぇ。その腕を見こんで、よく金持ち連中が注文に来たものさ。

亭主は大きな手をしてたよ。指も太くて、ごつごつしていた。その手で、信じられないほど細かな細工を施すんだ。あれは何度目にしても、手妻か何かのように見えたものさ。本当に大きくてごつい手のくせに、それはそれは優しいしぐさで彫っていくんだよ。

……だけど、あたしにはその半分も優しくしちゃくれなかった。たいていはあたしのほうを見ようともしないでさ。まるであたしなんかいないみたいな態度だった。

あたしを見るのは、あたしを殴る時だけだった。大きな手は大きな拳《こぶし》になって、あたしのあちこちを腫れ上がらせた。一日痛みが引かないこともしょっちゅうだったよ。

あたしは耐えるしかなかった。あたしの家はそこしかなかったから。

でも、憎しみはあたしのはらわたにたまっていった。ずっとずっと、ぐつぐつとね。

ある時、あいつはそれはすばらしい象牙の櫛をこしらえたんだ。

あまりにきれいだったんで、亭主がちょっと便所に行った隙に、あたしは思わず櫛を手に取った。ため息の出るような波模様の中に、御殿がちらりとのぞいていて。見ると、なんだかその御殿に行けるような気がした。

こんなきれいな櫛を髪にさせるのは、いったいどんな女だろう？　きっとその女は、あたしなんかとは比べものにならないくらい、幸せなんだろう。

そう思うと、なんだか胸が切なくなっちまって。気づいた時には、櫛を自分の髪にさしていた。手入れも何もされていない、ばさばさの白髪交じりのこの髪にね。

そこへ亭主が戻ってきた。

あいつは怒り狂って、あたしから櫛をむしり取ったよ。その時、ごっそり髪もむしっていったけど、あいつはまるで構わなかった。あたしを殴って、怒鳴りつけた。

こいつはおめえみてぇな女がつけるような物じゃねえって。

あたしはもう、目の前が真っ赤になった。たまりにたまっていたものが、ついにはじけた感じだった。

こうなったら、この櫛をなにがなんでもあたしのものにしてやろう。他の女、ぬくぬくと幸せな暮らしをしている女なんかにくれてやるものか。

その夜、あたしは櫛を懐に入れて、家を抜け出した。抜け出す前に、亭主の喉にのみを突き立ててやったよ。だって、ろくでなしの亭主の顔なんか、二度と見たくなかったからね。

あいつはぐっすり眠りこんでいたから、簡単だった。散々あたしを苦しめたくせに、あんなにあっさり死んじまうなんて。なんだか涙があふれたねぇ。

とにかく家を離れたくて、あたしは暗い中を走った。でも、あいにく雨が降っていたんだ。つい足を滑らせた。その場所が、たまたま橋の上だったのさ。

あたしは下の川に落ちた。雨のせいで、流れは速かった。泥混じりの水が口に入ってきた時、もう助からないんだってわかったよ。

だから、あたしはいっそう強く櫛を握りしめたんだ。

この櫛は誰にも渡さない。少なくとも幸せな女には絶対に。

絶対に。絶対に渡さない。

うつろな口調で繰り返す女に、久蔵はあえいだ。

「あの女、いったい、何を言ってるんだい？」

「あれはきっと……あの櫛を作った職人の女房ですよ」

「櫛って、さっき若旦那が言ってた呪いの？……それじゃ、女達を殺したのはあいつってことかい？」

「たぶん、そ、そうなんでしょう。職人の女房の怨念が、櫛に取り憑いていたんだ」

あらゆることがかみあった気がした。

全てはこの女の怨念だったのだ。これまで死んだ女達が、みんな溺死であったわけも、これでわかった。

許せない。自分と同じように死ね。死ね。

櫛から発せられる怨霊の強烈な思念に操られ、女達はなすすべもなく水辺に向かったことだろう。

その一方で、怨霊は不幸せな女達を殺さなかった。哀れみや共感からではないだろう。恐らく、その涙と悔しさを余さず吸い上げ、さらに力を増すためだったに違いない。

玄楽が言っていた「化け物よりももっと恐ろしい」という言葉の意味が今ならわかる。

なんと忌まわしいと、宗太郎は顔を歪めた。久蔵も反吐《へど》が出そうな顔をしている。

だが、逃げ場はなかった。宗太郎達は大海原に閉じこめられているのだ。女達の涙でできた海だ。どこにも逃げられない。

絶望したとたん、足先がつった。

「ひっ！」

「お、おい、どうしたんだい、若旦那？」

「あ、足がぁ！　つ、つりました！」

「わっ！　だ、だから、しがみつくなって！」

「そんなこと言われましても、ほ、他にどうすりゃいいんです！」

こちらを払いのけようとする久蔵に死に物狂いでしがみつきながら、宗太郎は「今度こそ溺れる」と思った。

足が痛い。何度も水を飲んだ喉が痛い。目も焼けるように痛い。もうだめなのか。

「冗談じゃない！　もうすぐ子供も生まれるんだ！　こ、こんなところで死んでたまるか！」

隣でわめく久蔵の声が、どんどん遠のいていくようだ。それなのに、御殿で笑っている女の声ははっきり聞こえる。

「死ね。あはは。早く死ね。溺れ死んでしまえ。あはははっ！」

頭の奥が割れんばかりに痛み、思わずぬああっとのけぞった時だった。上からきらきらしたものが下りてくるのが目に入った。

海と同じほど陰気な色をした空から、一本の細い糸が下りてくる。それはあまりにも透き通っていた。これほどきらめかなければ、目で見ることもかなわなかったはずだ。

美しい。この恐ろしい海で初めて目にする美しいものだ。

久蔵にしがみついたまま、宗太郎は片手を糸へと伸ばした。触れた瞬間、糸が指にからみつくのがわかった。

そこで宗太郎は気を失った。

五

最初に感じたのは暗闇だった。上も下も、前も後ろも、漆黒《しっこく》の闇が塗りこめられている。その中を、宗太郎はふわふわと漂っていた。頭がぼうっとして、何も考えられなかった。

そのうち、かすかに声が聞こえてきた。声はだんだんとはっきり、大きくなっていく。しゃべっているのは、小さな女の子のようだった。

「ああ、ほんとびっくりした。日が暮れて目が覚めたら、大声と水音が聞こえて、池で人間が溺れかけているんだもの。しかも、そのうちの一人が久蔵だなんて、目がおかしくなったのかと思っちゃった」

すると、今度は久蔵の声が聞こえた。

「こっちだってびっくりしたさ。まさか、つやちゃんが助けてくれるなんて、夢にも思わなかったよ」

「あら、当たり前よ」

ちょっと憤慨《ふんがい》した声で、女の子はさえずった。

「こんなところで若死にされたら、つや、悲しいもの。久蔵はうんと年を取ってから死ななきゃいけないのよ？　だって、つやと約束したんだもの。そうでしょ？」

「ああ。そのとおりだ」

「これからはもっと気をつけてね」

「肝に銘じるよ。でも、偶然ってのはあるもんだ。まさか、この墓場につやちゃんがいるたぁ思わなかった。ほんとに助かったよ」

「ふふ。お礼したい？　なら、また血が吸いたいなぁ」

「そ、それはまた今度でもいいかい？　あ、ほら、そっちの男が目を覚ましそうだからさ。つやちゃんは見られないほうがいいよ」

「うぅ、残念」

すっと女の子の声が途切れた。

とたん、宗太郎は我に返ったのだ。

宗太郎はあおむけになって、空を見ていた。空はだいぶ暗くなっていて、かすかに星も見え始めている。じきに夜だと思ったとたん、喉がごろごろとして、むせてしまった。そうすると、腹の中からごぶりっと水が出てきた。

水を吐き出し、あえいでいると、誰かが背中をさすってくれた。振り返れば、久蔵がいた。濡れた体に着物を羽織り、目は充血し、肌は青白い。

でも、生きている。

「きゅ、久蔵さん……」

「よう、若旦那」

久蔵はにっこり笑いかけてきた。

「無事に目が覚めてくれてよかったよ。お互い九死に一生を得たねぇ」

「……やっぱりさっきのは夢じゃなかったんですね」

「夢の一言で片づけたい気もするけどね」

久蔵の軽口に、少し体が楽になったところで、宗太郎ははっと久蔵の胸元をつかんだ。

「あ、あの女は？　それに、む、娘さんは？」

「大丈夫だよ。おじょうさんはほら、そこだ」

宗太郎の横には、あの娘がいた。ずぶぬれで、まだ気を失ったままだが、その胸元は穏やかに上下している。

「たらふく水を飲んでいたから、全部吐き出させるのに、さっきまでかかったよ。……あの怖い女は邪魔しなかった。たぶん、俺がこいつをおじょうさんの手からもぎ取ったからだろう」

　そう言って、久蔵は宗太郎に象牙の櫛を見せた。

「櫛……」

「こいつをがっちり握りしめていてね、手放させるのが一苦労だった。……全部、こいつの仕業だろう」

「で、でも、これは玄楽さんに預けたはずなのに」

「あの生臭坊主」

　久蔵は毒づいた。

「何かとちりやがったね。きっと、女にいい顔をしたくて、櫛を見せびらかしたりしたんだよ」

「確かに女の客が訪ねてくるとは言っていましたが……いくらあの人がどうしようもなくても、まさかそんな真似をするほど愚かとは……」

「いや、あの人ならやりかねないと俺は思うね」

　きっぱり言い切る久蔵を、宗太郎は見上げた。

「なんだい？　不思議そうな顔をしちゃって？」

「……さっき、ここに誰かいませんでした？　女の子の声がした気が……」

いいやと、久蔵はかぶりを振った。

「俺達だけだよ。あんた、気を失っていたから、夢を見ていたんだよ」

「そ、そうですね。そうですよね」

「ああ。それより、もう立てるかい？　立てるなら、寺まで行こう。このおじょうさんを運ばないと。夏とは言え、濡れたままでいるのはまずい」

「確かに」

宗太郎がよろよろと立ち上がった時、おーいと声をあげながら、玄楽が駆けつけてきた。ぎょろぎょろとよく動く大きな目玉が、倒れた娘を見るなり、さらに大きく見開かれた。

「こ、ここにいたのか！　ぶ、無事なのか？」

「ああ、ちゃんと生きてるよ。ちょうどいいところに来たよ、玄さん。情けないことだが、俺達はもうふらふらでね。このおじょうさんはあんたが運んでくれないか？」

「よ、よしきた。まかせてくれい」

「それから、そのあとで、これのことをちゃんと説明してもらいますからね」

宗太郎が持っていた櫛を見せたところ、玄楽は顔をこわばらせた。だが、何も言わずにこくりとうなずき、娘を抱き上げて寺に向かいだした。

「ったく。さ、若旦那。俺達も行こうよ」

「そうですね」

肩を組むようにして、二人は墓場を歩きだした。

寺に入る前、宗太郎と久蔵は裏手の井戸で水を汲み上げ、何度も頭からかぶった。池の水は生臭くて、泥臭くて、とても我慢できなかったのだ。

宗太郎は着物までずぶ濡れだったため、玄楽は着替えとして自分の僧衣を出してくれたが、これがまた妙に臭くて、宗太郎は閉口した。

何も言えない宗太郎に替わって、久蔵が文句を言った。

「玄さん。あんた、洗濯くらいしなよ。なんかこう、むわあっと臭うよ」

「嫌なら、濡れ鼠《ねずみ》のままでいてくれてかまわんぞ」

「……畜生め」

濡れた髪から水を払いながら、久蔵は口を尖らせた。

だが、臭かろうとなんだろうと、乾いたものに着替えると、ほっとした心地となった。

寺に入り、足を投げ出す二人に、玄楽は酒を出してくれた。久蔵はもちろんのこと、普段はあまり酒を好まない宗太郎も、ありがたくいただいた。安酒だったが、飲むと、腹の中がじわりと温かくなる。

ちびちびと舐《な》めながら、宗太郎は玄楽に尋ねた。

「おじょうさんは？」

「おまえさん達が水を浴びている間に、奉公人達が迎えに来たよ。久蔵がきちんと水を吐かせてくれていたから、ここに運びこむ前に目を覚ましてな。わけがわからないと、わんわん泣いて、なだめるのが大変だったわい」

「何も覚えていないっていうのかい？」

「ああ。先にお堂に入って、拙僧を待っていたことしか覚えてないとさ。拙僧がお堂に行った時には、あの子はいなかった。置いておいた櫛もなくなっていたから、肝が冷えたわい」

そうだ！　櫛！

くわっと、宗太郎は目をつりあげた。

「そうですよ！　なんであのおじょうさんが櫛を持っていたんですか！」

「す、すぐに焚き上げができるようにと、櫛はあらかじめお堂に運んでおいたのだ。袱紗に包んだままだったし、大丈夫だろうと。でも、拙僧を待っている間、あの子は退屈してお堂を見て回ったのだろう。それで、櫛を見つけて手に取ったに違いない。すまん！　これは拙僧の手抜かりだ。ほんとにすまん！」

「すまん、ですみますか！　危うくおじょうさんは死ぬところだったんですよ？　久蔵さんやあたしもです！　高いお金を払っているのに、それじゃ困ります」

「面目ない……。わ、わびとして、次からは古今堂の依頼は、いつもの代金の九掛けで引き受けるとしよう」

「話になりませんね。こんなひどい目にあわされたんです。どう考えても、六掛けにしてもらわなくては」

「そ、そんな殺生な！　せ、せめて八掛けで！」

　ここで、久蔵が割って入った。

「商売の話はあとにしとくれよ。そんなことより、玄さん、あのおじょうさんとはどんな関係なんだい？……まさか、あんな初《うぶ》そうなおじょうさんに手を出したんじゃ……」

「ち、違う！　それは断じてない」

「どうだかねぇ」

「本当だ。あの子はさる大店の娘でな。月に一度ほど、わしに憑き物落としの祈禱《きとう》を頼みに来るのだ」

「憑き物落としだってぇ？」

　物騒な話に目を見張る二人に、玄楽は肩をすくめてみせた。

「あの子はそう思っているのだよ。癇《かん》が強いというか、気が高ぶりやすい子でな。自分やまわりで少しでも悪いことがあると、自分に魔が憑いているせいではないかと思いこんでしまう。もちろん、そんなものは憑いてはおらん。だが、そう言い聞かせるより、実際に祈禱をしてやったほうが、あの子は安心するのだ。派手に香をたいて、数珠《じゅず》を振り回して、いんちき呪文を唱えて」

「いんちきなのかい！」

「それで心が落ち着くなら、嘘も方便。いかさまも御仏の業というやつじゃ」

玄楽は悪びれることもなく胸を張る。その姿を見ていると、それもありなのかもしれないと、宗太郎は思った。

「しかし……客が来るって言っていたけれど、あのおじょうさんとは思いませんでした。玄楽さんがやたら帰れと言うのだから、てっきりその筋の女が来るのかと思いましたよ」

「ああ、あれは気配りというやつじゃ。あの子は自分の憑き物落としのことは知られたくないのだよ。今後の縁談にも差し障るからな。だから、とっとと若旦那を追い出したかったわけよ」

まわりから気遣われ、大事にされている娘。

その心を理解し、助けてくれる人がそばにいる娘。

なるほど。櫛の怨念が「幸せな女」として狙いをつけるのも無理はないかもしれないと、宗太郎は思った。

と、いきなり玄楽は平身低頭した。

「これからはもっと用心する！　だから拙僧を許してくれい！　代金六掛けは勘弁してくれい！」

叫ぶように誓う玄楽を、宗太郎は許してやることにした。早急に焚き上げをやってくれと、櫛をふたたび渡し、久蔵と共に寺をあとにした。

これで全ては片づいた。

それでも、宗太郎の心にはまだつかえがあった。どうにも我慢できなくて、隣を歩く久蔵にぼそりと言った。

「あたしは、心の冷たい人間なんでしょうか？」

「はい？　いきなり何を言い出すんだい？」

「あの櫛に取り憑いていた女のことですよ。あたしは……あの女を心底いやらしいと思ったんです。かわいそうな女なのに」

「そんなことを悩んでいるのかい？」

久蔵は笑った。

「俺もあの女房には同情はする。誰だってするだろうよ。でも、他の女達を殺したことの言い訳にはならない。あの女は、やっちゃならないことをやったんだ。亭主を殺すだけで満足すりゃよかったのに。自分から地獄に堕《お》ちた。自分で地獄を作って、他の女達を食ったんだ。これをいやらしいと言わずに、何をいやらしいって言うんだい？」

哀れみも軽蔑も両方感じればいいじゃないか。きっぱり言い切る久蔵を、宗太郎はまぶしく思った。

「久蔵さんはおもしろい人ですね。女々しいところがあるのかと思いきや、いやに男らしいところもある」

「あんたもね。慇懃《いんぎん》無礼って言葉がぴったりなひねくれもんだ」

顔を見合わせ、二人はぷっと噴き出した。

「帰りましょうか」

「そうしよう。早く家に帰って、かわいい女房の顔を見たいよ」

「のろけてくれますねぇ。あたしも早く帰りたいけど、この姿はうちのおとっつぁんには見られたくないなぁ。似合わないにもほどがあると、大笑いされそうだ」

「笑われたら、こう言ってやりゃいいんだよ。あまりに親父様に笑われてきたもので、世がむなしくなりました、いっそ出家したいと思います、と。親父さん、目の玉飛び出させて、すがりついてくるよ」

「……その口ぶりだと、やったことがあるんですね？」

「前に一度ね。ありゃよかったよ。そのあとしばらくは、べたべたに甘やかしてもらえたもの。小遣いももらい放題だったなぁ」

「……あの櫛が女しか狙わない櫛でよかったですね。男でも狙うやつだったら、久蔵さんは一番に目をつけられていたに違いない」

「そりゃどういう意味だい？」

「そのままの意味ですよ」

「聞き捨てならないね。まるで俺が甘ったれたぼんぼんみたいじゃないか」

軽口を交わし合いながら、二人はすっかり日の暮れた道を歩いていった。

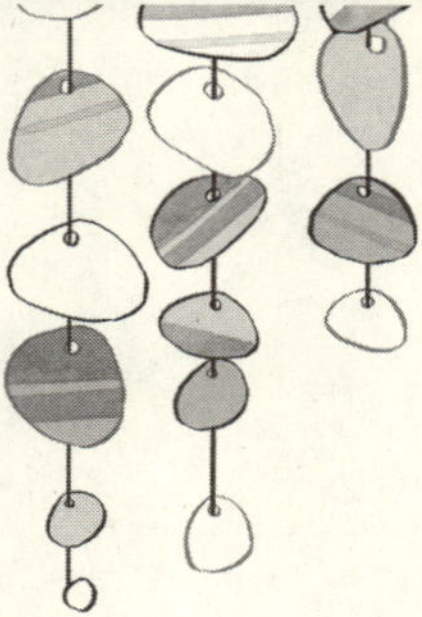

祝いの品

一

この夏、めでたいこと好きなあやかし達は揃ってそわそわとしていた。人間に嫁《とつ》いだ華《か》蛇族《だぞく》の初音姫がまもなくお産の日を迎えようとしていたからだ。

「人とあやかしの間に生まれてくる子。いったい、どちらに似ているだろう？」

「妖力は持っているのかねぇ？　鱗《うろこ》や尾は生えているのかしら？」

「なんにしても、子が生まれるとはめでたいことだ。無事に生まれてきた暁には、祝いの言葉を届けよう」

「もちろん、手ぶらでは行くまいぞ。母御が喜ぶもの。赤子のためのもの。それぞれ揃えて、参るとしよう」

「だが、いったい何がよいだろう？」

のんびりしたもの達は、祝いの品を何にするか考え始めていた。だが、もっと気の早いもの達は、すでに贈り物作りに取りかかっていた。

初音姫の乳母萩乃《うばはぎの》は、せっせとむつき作りに精を出していた。清潔で、肌触りのよい布地で作るむつき。すでに山のように積まれているが、まだ足らぬと、いそしんでいる。

それを手伝うのは、赤い大蛙の蘇芳《すおう》だ。こちらは萩乃の針の師匠でもあるので、その手さばきは見事なもの。まるで流れるように糸と針を扱っていく。

それに比べると、萩乃はずっと不器用だ。だが、丹念に一針ずつ縫う姿に、これから生まれてくる子供への想いがあふれている。それがなんとも微笑《ほほえ》ましいので、蘇芳も手伝わずにはいられないのだ。

だが、長々と針仕事を続けていると、目も指もおぼつかなくなってくる。頃合いを見て、蘇芳は萩乃に声をかけた。

「萩乃様。そろそろお茶にいたしましょう」

「ええ。でも、ここだけ。ここだけ縫ってしまいたいのです」

顔もあげずに答える萩乃。

蘇芳はくすくす笑いながら、お茶の支度にかかった。香ばしい麦茶をたっぷり茶碗に注ぎ、素朴なあられを小鉢に盛る。

それらを運んでいくと、ちょうど萩乃が針を止めたところだった。

「ふう。できた。これでまた一枚仕上げられました。どうでしょう、蘇芳」

差し出されたむつきを一目見て、蘇芳は笑顔でうなずいた。

「本当にお上手になられましたね。最初にこしらえた雑巾にもならぬようなものとは、雲泥の差でございますよ」

「そ、それはもう言わないでほしいのです」

「ふふふ。さ、お茶にいたしましょう。あいにくと、今日もあられくらいしかお茶請けがないのですが」

「なんの。このあられ、私は好物ですよ。そなたが淹れてくれる麦茶も本当においしい」

「ただの麦茶でございますよ」

あられをつまみながら、萩乃と蘇芳はとりとめもなくおしゃべりをし始めた。こうしたひとときも、針仕事の楽しみの一つだ。

「それで、姫様のご様子はいかがでございます？」

「だいぶお腹が張ってきていて、今は寝ても立っても苦しいそうです。でも、嬉しそうですよ。もうじき子供に会えるのねと、いつも目を輝かせています」

「ふふ、あたしにも覚えがありますねぇ」

「ふふ、わたくしもです。とにかく、姫様は今はあまり外には出ず、家の中で産着《うぶぎ》作りにいそしんでおられますよ」

「お婿様のほうはどんな感じで？」

「ああ、あの男ですか？」

とたん、萩乃の目つきが険しくなった。

初音姫が人間の男、久蔵と夫婦になりたいと言った時、誰よりも激しく反対したのは萩乃だ。今は一応認めてはいるが、久蔵に対してはまだまだわだかまりが残っている。

「知りませんよ。最近、姫様をお見舞いしに行っても、いつもあの男だけいないのです」

「おや、身重の姫様を放っておくだなんて、久蔵様らしくございませんね」

「わたくしも怒りましたよ。でも、姫様は笑って言うのです。家にいる間は、あの人は家のことはなんでもやってくれると。最近しょっちゅう出かけているのは、長屋などに出向いて、そこにいる赤子の子守を買って出ているからだと」

「子守を？」

「練習だそうですよ。むつきの取り替え方やあやし方を必死になって覚えようとしているのだとか」

おやおやと、蘇芳は笑った。

「それはいくら萩乃様でも怒れませんねぇ」

「ふん。本当にそんな殊勝なことをしているかどうか、わかりませんよ。姫様の目が届かぬのをいいことに、どこかで鼻の下をのばしているのかも」

「まさか。ありえませんよ。ささ、そんな仏頂面はおやめくださいまし」

「むぅ……」

唸《うな》りながらも萩乃が黙った時だ。外から蘇芳の夫、青兵衛《あおべえ》が入ってきた。

青兵衛は、蘇芳よりも一回り大きな蛙で、鮮やかな青緑色の体をしている。

蘇芳はさっそく声をかけた。

「おや、おまえさん。ちょうどよかった。今お茶にしていたんですよ。おまえさんもどうです？」

「そりゃありがたい。この暑さで、すっかり喉が渇いちまった。でも、その前に萩乃様にお見せしたいものがありやして」

「わたくしに？」

「へへ」

笑いながら、青兵衛は後ろに隠していた物を見せた。

真新しい白木の桶だった。丁寧《ていねい》にかんながかけられており、削りたての木の香りがふわっと立ちのぼってくる。

「まあ、きれいな桶だこと」

「へへ。見た目だけじゃございやせんよ。ちょいと持ってみてくださいやし」

言われるままに桶を受け取った萩乃は、目を見張った。

「なんと軽い！　まるで羽のようではありませんか！」

「へい。羽毛樹《うもうじゅ》という珍しい木でできておりやす。たまたま親戚に旅蛙がおりやしてね。そいつに羽毛樹を見かけたら知らせてくれと、前々から頼んでおいたんで、ちょうど半年前に見つけたと知らせが入りやして、急いで木を切りにいったんでございやす」

「では、この桶はそなたが作ったのですか？」

「へい。姫様のお祝いの品にと思いやして。産湯《うぶゆ》はもちろん、これからお子様の湯浴みに使っていただけたらと」

「さすがは青兵衛。気が利きますすねえ」

きっと喜ばれますよと太鼓判《たいこばん》を捺《お》され、青兵衛はげこっと嬉しそうに喉を鳴らした。

二

さて、妖怪奉行月夜公の甥、津弓も、祝いの品を贈ろうと決めた一人であった。ただし、これだというものが思いつかず、もんもんと頭を悩ませていた。

叔父の月夜公に相談しても、「津弓が贈る物であれば、たとえ石ころであろうとも、この上ない宝となろう。少なくとも吾《われ》にとってはそうじゃ」と、とんちんかんな答えが返ってくるばかり。

これでは埒《らち》が明かないと、津弓は親友の梅吉をこっそり屋敷に呼び、助けを求めた。

「梅吉、何か考えてよ。初音姫の子供が生まれたら、津弓、友達になるつもりなの。だから、うんといいものを贈りたいの」

「うーん。そう言われてもなぁ。子供のおいら達に用意できる物って、限られているしなぁ」

青梅そっくりの子妖は、しかめっ面で腕を組んだ。

「じゃ、梅吉は何もあげないの？」

「そんなわけないだろ。おばあと一緒に考えたんだけど、梅の蜜煮《みつに》をひと壺《つぼ》、贈ることにしたんだ。うんと甘くて、香りもよくて、蜜を水で割って飲んでもうまいやつさ」

「それ、いいねぇ。おいしそう。……って、梅吉はもう贈り物を決めたってことだよね？ああ、津弓は？　どうしたらいいの？」

おろおろする津弓に、少し落ち着けと、梅吉は言った。

「……それじゃ薬はどうだい？」

「ええ、薬ぃ？」

納得いかないと、津弓はぷくぷくした頰を膨らませた。

確かに、この屋敷にはありとあらゆる薬が山とある。津弓のためにと、月夜公が東西南北よりかき集めた物で、ないものはないと豪語できるほどの品揃えだ。

しかし、贈り物としてはどうなのか。

「お薬なんてもらっても、津弓は嬉しくないけどなぁ」

「そりゃ、子供の言い分さ。初音姫は喜ぶと思うよ。ほら、姫の赤子は、人間の子でもあるわけだろ？　もし、人間の血を色濃く継いでいたら、きっとあやかしよりもずっと体が弱いと思う」

「そうなの？」

「うん。宗鉄先生んところのみおに聞いたんだ。ほら、みおも半妖だからさ。小さな時はそれこそしょっちゅう腹を下したり、熱を出したりしていたらしいよ」

「そうなんだ。それじゃ……うん、お薬にしようかな」

「そうしなって」

「じゃ、梅吉も薬部屋に来てよ。薬を選ぶの、一緒に手伝って」

「いいけど……薬部屋なんてあるのか？」

「うん。叔父上が作ったの」

「……だろうね」

津弓と梅吉はこそっと部屋を抜け出した。

途中、台所に立ち寄り、大きな漆塗《うるしぬ》りの重箱を一つ、失敬した。

「これに薬を詰める気かい？　大きすぎやしないか？」

「でも、贈り物にするなら、こういう立派な箱のほうがきれいでいいでしょ？」

確かに、赤い漆塗りに、銀と螺鈿《らでん》で流水と金魚が描かれた重箱は、それそのものが大変に美しい。

「そりゃそうだけど……やっぱり大きすぎると思うな。薬を入れても、隙間だらけになっちゃうんじゃないか?」

「そうならないよう、いっぱい詰めてあげるもの」

重箱をしっかりと抱え、梅吉を肩に乗せて、津弓はぱたぱたと薬部屋へと走った。

八畳《じょう》間ほどの大きさの部屋は、四方の壁全てが引き出し付きの棚となっていた。煎じ薬を作るための道具や、薬草などを砕くための薬研《やげん》などもしっかり揃っている。様々な香りが入り混じっているせいだろう。目がしばしばしてくるような刺激的な匂いに満ちている。

梅吉は目を丸くした。

「すげえ! こ、この引き出し全部に薬が入ってるのかい?」

「そう。そっち側に並んでいる壺は、全部霊薬や薬酒だよ」

「へえ。よくもこんなに集めたなぁ。……月夜公がおまえを大事にしてるのが、ほんと伝わってくるよ」

ちょっと怖いくらいだとつぶやきながら、梅吉は津弓の肩からとびおりた。

「それじゃ、何から始める?」

「そうだねぇ。まずは……やっぱり熱冷ましかな?」

「どこの棚?」

「それが……わかんないの。お薬は叔父上がいつも部屋まで持ってきてくださるから。で、でも、桃色のきれいなお薬だっていうのは覚えているよ？　あと、小豆《あずき》くらいの大きさだったことも」

「やれやれ。それじゃ片っ端から調べていくしかないか。津弓は下のほうの棚を頼むよ。おいらは上のほうを見る」

「大丈夫？　けっこう高いよ？」

「平気平気。よじ登ったりするのは得意なんだ」

その言葉どおり、梅吉はすばやく一番上の段の引き出しにまでよじ登った。

引き出しの表にはそれぞれ、丸い穴が開いている。そこに指を引っかけ、引っ張り出すためのものだ。小さな穴だったが、梅吉にとってはちょうどぐれるほどの大きさだ。難なく顔を突っこんでは、中をのぞいていった。

「こりゃ違うな。なんかの干からびた茸《きのこ》みたいだ。それじゃこっちは……うへ、これって歯みたいだな」

負けてはいられないと、津弓も自分の手が届くかぎりの引き出しを開けて、中を確かめていった。

ようやく「あったぞ」と、梅吉が声をあげた。

「ほんと?」

「ああ。これじゃないか?」

梅吉は引き出しに入り、ぽんと、薬を一粒投げ出した。落ちてきた薬を受け止め、津弓はにっこりした。

「うんうん! これだよ! じゃ、梅吉。どんどん投げて落としていって。津弓が下で受け止めるから」

「ほいきた」

ざらざら、ぽいぽいと、梅吉はどんどん薬を穴から投げ始めた。それを津弓は受け止めていく。手のひらいっぱいになったところで、「もういいよ、梅吉」と声をかけた。

梅吉が穴から顔を出した。

「じゃ、お次はなんだい?」

「ええっとね、次は下痢を止めるお薬にしようかな。黄色くて大きな丸薬だよ」

「黄色か。なんかさっき見た気がするな。あ、そうだ。あとさ、赤ん坊って、汗っかきで、よくあせもやかぶれができるんだってさ。そういうのに効く薬はないかい?」

「あるよ! すごくよく効く軟膏《なんこう》があるの。蛤《はまぐり》の貝殻の中に入れてあるから、見たらすぐわかると思う」

「じゃ、それも一緒に探そう」

せき止め。かゆみ止め。虫刺されに効く薬。腹下し。

役に立ちそうと思う薬を、津弓と梅吉は片っ端から重箱に入れていった。

そしてついに、あれほど大きかった重箱がぎっちり薬でいっぱいになったのだ。色も形も様々な薬で埋め尽くされた重箱は、さながら正月のお節のようで、津弓も梅吉も思わずごくりと喉を鳴らした。

「……こうして見ると、お薬もきれいだね」

「おいらもそう思ったところだ。この赤いのなんか、うまそう」

「あ、それ、めちゃくちゃ辛いやつだよ」

「じゃ、こっちの黄色いのは？　下痢によく効くって言ってたけど、味はどうなんだい？」

「すごく苦い。飲むのが大変」

「……やっぱり薬は薬なんだな」

「残念だよねぇ。効き目があって、お菓子みたいにおいしい薬があればなあって、津弓もいつも思ってるの。でも、叔父上の力をもってしても、どうしてもおいしい薬は作れないみたい」

「月夜公が作れないなら、そりゃもうあきらめるしかなさそうだな」

ともかく、これで贈り物が用意できた。津弓は惚れ惚れと重箱を見つめながらつぶやいた。

「楽しみだなぁ。早く生まれてきてほしいなぁ」

「だよなぁ。そうだ。その子が大きくなったら、おいら達の仲間に入れてやろうぜ」

「それ、いいね!」

子妖達はにっこり笑い合った。

三

一方、津弓と違い、烏天狗《からすてんぐ》の双子、右京《うきょう》と左京《さきょう》は比較的早く贈り物を何にするか決めた子達であった。

二人の母は、初音姫の乳母、萩乃である。半分は華蛇族の血を受け継ぐ二人。生まれてくる子がどんなものを喜ぶか、なんとなくわかる気がした。

「男の子でも女の子でも、初音姫様のお子であれば、きっときらきらしたものが好きだと思うのです」

右京が言えば、左京もうなずいた。

「左京もそう思います。だから、きれいなものをあげましょう」

「でも、きれいなものは色々あります。なんにしましょう?」

「そうですね。……鱗はどうでしょう?」

「鱗?」

「虹浜《にじはま》にはよく人魚や妖魚の鱗が打ち寄せられるでしょう？　あれを集めて、磨いて、何かおもちゃを作ったらどうかしら？」

「それ、すごくいいと思います。さすが左京！」

「じゃ、行きましょう」

「はい。行きましょう」

双子はさっそく虹浜へと飛んだ。

虹浜は小さいが美しい浜辺であった。砂は細かく雪のように白く、打ち寄せる波も一年を通して穏やかだ。満月の夜には、沖から人魚の歌声が聞こえてくることもあり、無数の魚達が歌に合わせて波間に何度も飛び出してくるのが見られる。

だが、その夜は満月ではなかったため、人魚の歌は聞こえず、魚達が踊る様も見られなかった。

かわりに、先客がいた。小さな人影が白い浜辺を歩き、何かを拾い上げている。近づいてみたところ、女の子だとわかった。

年は八歳くらいだろうか。小柄で、俊敏そうな手足をしている。肌は小麦色に焼けていて、目はぱっちりとしており、口は小作りでかわいらしい。水色の撫子《なでしこ》柄の浴衣姿で、はだしの足で心地よさそうに砂を踏んでいる。その手には、集めたとおぼしき貝殻や人魚の鱗がいっぱい載っていた。

舞い降りてきた双子を、女の子はびっくりしたように見つめてきた。双子は双子でまじまじと相手を見る。

最初に口を開いたのは女の子のほうだった。

「あたし、みおって言うの」

名乗られたら、こちらも名乗らねばなるまい。礼儀正しい双子はすぐに挨拶を返した。

「右京でございまする」

「左京でございまする」

「双子ちゃんなのね？　うふふ。そっくり」

笑うみおに、右京が尋ねた。

「もしかして、化けいたちの宗鉄先生の娘御でいらっしゃいまするか？」

「娘御だとか、いらっしゃいまするかとか、大げさな言い方ねぇ。でも、うん、そう。宗鉄があたしの父様よ。父様のこと、知っているの？」

「昔から翼《つばさ》を痛めた時などに診ていただいておりまする」

「でも、みお殿のことは津弓君から聞いておりまする」

「津弓から？」

「はい。我らの父は烏天狗の飛黒。月夜公様の右腕でございまする」

「そのご縁で、我らも津弓君と仲良くさせていただいておりまする」

なるほどと、みおはうなずいた。

「それで、右京と左京はどうしてここに来たの？　二人だけで来たの？」

「さようでございまする」

「人魚や妖魚の鱗などを拾おうと思ったのでございまする」

かしこまった口調の双子に、みおは噴き出した。

「そんな丁寧な話し方をしなくていいってば。あたしはただの半妖なんだから。もっと普通にしゃべってくれないと、あたしのほうが困っちゃう」

「わ、わかりました」

「普通に話しまする、いえ、話します」

「うん。そうして」

「みお殿も鱗を拾いに来たのですか？」

「そうよ。二人とも、知っている？　人間のところにお嫁《よめ》に行った華蛇族のお姫様のこと。今度、赤ちゃんが生まれるんだって。だから、そのお祝いに、あたしも何か作って、贈ろうかなと思って。……どうかした？」

目を丸くする双子に、みおは首をかしげた。

「いえ、その……じつは我らも同じなのです」

「華蛇族の初音姫様のお子に、お祝いの品を差し上げたいと思って、鱗を拾いに来たのです」

「そうだったの？　みんな考えることは一緒ってわけね。……ねえ、どうせだから、一緒に集めようか？」

みおの提案を、双子は喜んで受けた。

それからしばらく、子妖達は浜辺を小走りで動き回った。しばらく誰も拾いに来なかったのか、浜辺のそこら中に鱗がきらめいていた。大きなものは蛤ほどもあり、色も透き通った水色、紫紺色、鮮やかな朱色、真珠色《しんじゅ》、淡い桃色と、様々だ。

鱗の他にも、貝殻やきれいな玉じゃりなどもたくさんあり、さほど経たぬうちにこんもりと宝の山が出来上がった。

ほくほく顔でお宝を見つめながら、ふとみおは右京達に尋ねた。

「ところで、鱗で何を作るか、二人はもう決めたの？」

「いえ、それが……」

二人は口ごもった。集めることばかり考えていて、何を作るかまではまだ決めていない。

「こ、このとおり、鱗はきれいです。このまま袋や箱にいっぱい詰めて、差し上げても、きっと喜ばれると思います」

「左京もそう思います」

だが、みおは少し眉をひそめた。

「それはやめたほうがいいと思う」

「どうしてです？」

「赤ちゃんって、小さなきらきらしたものが好きなの。でも口に入れて、喉を詰まらせてしまう子も多いって。それで死んじゃう子もいるんだって」

医者の娘だけに、そういう話には詳しいのだろう。右京も左京も真っ青になって、鱗だけを渡すのはやめようと決めた。

「では、何を作りましょうか、左京？」

「うーん。ちょ、ちょっと思いつきません。父上や母上に相談してみましょうか？」

ここでみおがふたたび口を開いた。

「さっき気づいたんだけど、人魚の鱗って、触れ合うといい音がするのね」

「え？」

「ほら、聞いて」

みおは鱗をひとつかみ取り、手の中で転がした。すると、確かにきれいな音がした。鈴よりもずっと軽い、きらめく銀を思わせるような繊細《せんさい》な音。人魚の笑い声にも似ており、聞いていると心が透き通っていく気がする。

ほうっと、双子は目を細めた。

「きれいですね」

「ね？　だから思ったんだけど、これに穴を開けて糸でつなげて、風鈴みたいにしたらどうかな？　そうすれば、風に揺れて触れ合うたびに、いい音がするでしょ？」

「あ、それはいいです！」

「すばらしい思いつきです！　さっそく家に帰って、作ってみましょう、右京！」

はしゃいだところで、双子ははっと我に返った。おずおずと、みおを振り返る。

「でも、我らが風鈴を作ってしまったら……」

「……みお殿の思いつきを盗んでしまうのは、申し訳ないです」

「大丈夫よ」

みおは明るく笑ってみせた。

「ほら、このとおり子安貝をたくさん拾ったでしょ？　あたしはこれで亀の人形を作るから。一匹じゃなくて、何匹も。赤ちゃんが大きくなったら、きっとそれで遊んでくれると思うの」

「それはすてきですね」

これで贈り物を何にするかは決まった。あとは作るだけだと、双子は張り切って鱗を懐《ふところ》や袖に詰めこみ、いざ帰ろうと、翼を広げた。

ここで、はたと気づいた。自分達には翼がある。家に飛んで帰れるが、みおはどうするのだろう？

「みお殿は？」

「どうやって帰るのですか？」

「もう少ししたら、父様が迎えに来てくれるはずよ」

「宗鉄先生が？」

「そう。今夜は気難しい患者のところに行くって。あたしを連れて行けないからって、ここに置いていったの。だから、あたしのことは気にしないで」

「わかりました」

だが、双子はしばらくもじもじとためらっていた。このまま別れてしまうのが妙に寂しく思えたのだ。

ついに左京が切り出した。

「……あの、我らの家は東の地宮を囲む山の一つにあるのです」

「そうです。近くにはきれいな小川も流れています。だからその……」

「こ、今度一緒に遊びませんか?」

「津弓君も誘って、みんなで遊びませんか?」

みおは目を輝かせた。

「いいわね! 絶対よ!」

次に会うことを約束し、双子はみおと別れた。

夜風に乗るようにして翼を羽ばたかせるたびに、シャンシャラと、懐から袖から軽やかな音色がこぼれる。その音色に合わせて、双子は声をあげて笑った。

胸いっぱいに広がる嬉しさは、贈り物が決まったからなのか?

それとも、新しい友ができたからなのか?

きっとその両方だと、双子は思った。

四

「さてと。わらわは何を贈るべきかのぅ？」

妖猫族《ようびょうぞく》の姫、王蜜《おうみつ》の君《きみ》は珍しく悩んでいた。紫檀《したん》の文机《ふづくえ》の上に頰杖をついて、軽いため息をつく。雪白の長い髪はしどけなく床に流れ、猫そっくりの大きな金の目は悩ましげに細まり、この上もなく愛らしい顔も憂いを帯びている。

この世に何憚《はばか》ることなく生きている大妖であろうと、悩みが皆無というわけにはいかぬのだ。

「初音姫はかわいい我が友。そしてわらわは、姫の縁結びにも一役買った身じゃ。なにかしら祝いを届けねば、なによりもわらわの気がすまぬ。と言うても、わらわは出産や赤子のことなど、何も知らぬからのぅ」

考えても考えても、何も浮かんでこない。

いっそのこと、自分の大事な収蔵品をわけてやろうか。

そう思ってしまうところまで追いつめられていた。

王蜜の君の収蔵品のことを、知らぬあやかしはいない。この姫は悪人を狩り、その魂《たましい》を手に入れ、お手玉のように愛でるのがなによりも好きなのだ。今では五十を超える魂が、王蜜の君の漆黒《しっこく》の座敷《ざしき》の中に放たれ、蛍《ほたる》のように浮かんでいる。

それらを一つでも手放すのは、王蜜の君にとってはつらいことだ。だが、自分が最も大切にしているものを差し出すのが、理にかなっている気もする。

「じゃが、紅珠のはあげられぬのぅ。あれはわらわのお気に入りじゃし、なにより月夜公との約束もある。決して手放さぬと約束した以上、守らねばなるまい。しかし……では、どれにするかのぅ」

どの魂にも、狩りの思い出がある。

どの魂も愛おしい。

手放しがたい。

選べない。

何度目かわからぬため息をついたあと、ついに王蜜の君は考えるのをやめた。

気晴らしに外に出て、風に当たるとしよう。贈り物のことはしばし忘れ、眷属《けんぞく》達の顔を見回るのもよい。そうしているうちに、よいものを思いつけるかもしれない。

王蜜の君はするりと身を夜風に溶けこませ、人界へと向かった。

人界に暮らす猫のあやかしは多い。人に寄り添うようにして生きる彼らを守るのは、王蜜の君の役目だ。

まずは漁火丸《いさりびまる》を訪ねた。

屋根の上に立ち、呼びかけたところ、すぐに戸口が少し開き、鯛《たい》を抱えた小さな猫が転がり出てきた。

漁火丸は根付の付喪神《つくもがみ》で、夜な夜な自分の夢に主人を招き、遊ばせ、励ます力を持つ。その力を見こんで、王蜜の君は漁火丸をある男につかわした。魂のしぼみかけていた男は、漁火丸のおかげですっかり立ち直り、今は釣り具師の見習いとして、日々ひたむきに技を磨いているという。

「それで、そなたはどうなのじゃ？　幸せかえ？」

「へい。それはもう。大事にされて、頼りにされて、夢の中では一緒に釣りもしておりやす。毎日が幸せでごぜえますよ」

漁火丸の返事に、王蜜の君は満足した。「息災であれ」と寿《ことほ》いで、次に向かった。

次に訪れたのは、古い空き家であった。そこには茶ぶちの大きな雌猫がおり、生まれてまもない子猫六匹にせっせと乳をやっているところだった。

「邪魔するぞえ、すずめ」

「こ、これは王蜜の君！」

慌てて立ち上がろうとする雌猫を、王蜜の君は手で制した。

「よいよい。子らが乳を吸っているのじゃ。立ち上がらなくてよい」

「も、申し訳ございません」

「わらわがよいと言っているのだから、気にせずともよいのじゃ。それより、姥猫《うばねこ》になってみて、どうじゃ？　何かつらいことなどはないかえ？」

ありませんと、すずめはきっぱりと答えた。

王蜜の君に力を分け与えられ、すずめが姥猫に変化《へんげ》したのは半年ほど前のこと。まだまだ日は浅いわけだが、全ての子猫を守ろうとする姥猫としての貫禄は、すでに備わりつつある。

「毎日忙しいは忙しいですけど、つらいなんて、いっぺんたりとも思ったことはありませんよ」

「だが、そなたには驚かされたぞえ。わらわに呼びかけ、姥猫にしてほしいと願い出た猫は、そなたが初めてじゃ」

「あの時は必死だったんです。それしか考えられなくて」

「このあたりを縄張りとしていた美鈴《みすず》が死んでしまったからかえ？」

「はい」

すずめは少し悲しげに笑った。

「あたしも、もともとは美鈴母さんに命を救われ、育ててもらった身です。母さんが死んだと噂で聞いた時、母さんと同じ姥猫に変化して縄張りを守るのが、一番の恩返しになると思って。だから、王蜜の君には感謝しています。こうして見捨てられた子猫達を育てるのも、とても楽しくて幸せで」

「ならばよい。わらわは猫一匹一匹が幸せであることが望みじゃ」

王蜜の君はうなずき、「体に気をつけよ」とすずめをねぎらい、その場を去った。

その後も、次々と王蜜の君は猫達の元に立ち寄った。

猫又《ねこまた》、化け猫、猫のおばば、憑き猫、守り猫。

今年の正月あたりに、二匹の子猫を託した家も訪ねた。子猫達はすでに立派に成長し、家人にもかわいがられ、幸せそうだ。

彼らと戯れるその家の子供をのぞき見ていたところ、袖にしまってある魂がちりりと震えるのがわかった。王蜜の君はそっと袖に手を当て、やんわりとなだめた。

「わかっておるよ、虎丸《とらまる》。大丈夫じゃ。そなたは必ずあの家に戻れる。そうなるよう、わらわが手を貸してやる。ゆえに、今しばし休むがよい」

震えがおさまるまで撫でてやったあと、王蜜の君はそろそろ帰ろうかと思った。幸せそうな猫達を訪れたおかげで、贈り物のことでもやもやとしていた心もだいぶ晴れたからだ。

だが、ふと思い出した。

「そう言えば、あの子はどうしておるかのぅ?」

一年ほど前に出会った小さな眷属。あやかしとしてはまだまだ弱く、だがその心には気骨があった。そこを気に入り、従者にならぬかと持ちかけたのだが、あっさり断られてしまった。まだ人間の主人のそばにいたいからと。

「確か、りん、という名であったの。会いたいものじゃ」

目を閉じ、りんの姿を思い描きながら、王蜜の君はつぶやいた。そのつぶやきは願いとなり、願いはたちまちかなえられる。

次に目を開けた時には、王蜜の君は荒れ果てた古寺の前にいた。まったく人気はなく、もう何年も誰もここに来た者はいないのだと、匂いでわかる。

だが、寺の境内に植えられた樹木はまだ生きていた。手入れする人間がいなくとも、たくましく旺盛に枝を伸ばし、葉を茂らせている。

そのうちの一本の木の前に、りんがいた。小さな三毛の化け猫で、赤い着物を着ている姿がかわいらしい。そのそばには黒い化け猫のくらもいた。

突如《とつじょ》現れた王蜜の君を見て、二匹は完全に固まっていた。もとから丸い目はさらに丸くなり、顎がかくんと下に落ちている。

だが、驚いたのは王蜜の君も同じであった。

りんもくらも、妙な姿をしていたのだ。両手に柳の枝を持ち、頭には魚の骨を載せている。おまけに目元には紅で隈取《くま》りまで施しているではないか。

「りん。それに、くらも。いったい、ここで何をしておるのじゃ？　なんじゃ、その珍妙な恰好は？」

「わわわわ、こ、これはその！」

くらは答えようとしたが、焦りすぎて言葉にならない。人間であったら、真っ赤になっていただろう。

一方、りんはばっと地面に伏せてしまった。穴があったら入りたいという様子だ。

恥じ入っている二匹をなだめるにはしばらくかかった。ようやく聞き出せたのは、「柿が赤くなると、医者が青くなる」という一言であった。

「なんじゃ、それは？」

「は、はい。人間のことわざです。熟した柿を食べると、病気知らずになるから、医者が困って青ざめるという意味です」

　くらが答え、りんもうなずきながら小さく言った。

「それくらい、柿には滋養《じよう》があるってことです」

「ほう？」

　ここで、王蜜の君は自分達の前に立つ木を眺めた。

「なるほど。これは柿の木じゃな」

　青々とした葉のそこここから、柿の実がのぞいている。だが、まだ本当に小さく、青く、堅そうだ。

「もしかして、そなたらのその恰好はまじないかえ？　この未熟な柿の実を熟《う》れさせようと考えたのかえ？」

「は、はい」

「なんでまたそのようなことを？」

　恥ずかしそうな顔をしながら、くらは言った。

「は、初音姫様に差し上げようと思ったんです。赤ん坊を産んだ母親には、うんと滋養がいるはずだから」

　だから妖力をふりしぼり、木にまじないをかけているのだという。

今夜で四日目になると、りんは打ち明けた。

「す、少しずつだけれど、大きくなってきているんです。だからきっと、初音姫様のお産にも間に合うはずです」

「おいら達、きっと間に合わせてみせます」

健気に言葉を重ねる二匹に、王蜜の君は思わず微笑んだ。

「そうか。そなたらも考えておったのか。……よしよし。眷属を助けるはわらわの役目。力を貸そうではないか」

そう言って、王蜜の君は小さな白い手を柿の木にかざした。

ぶるりと、木に震えが走った。脈々と力を送りこまれ、みるみる実が大きくなっていく。色も、緑から黄緑へ、黄色へ、やがては濃い橙《だいだい》色となった。

「もう十分！　十分です！」

「そ、それ以上熟すと、今度は地面に落っこっちまいます！」

騒ぐ猫達の言葉に、王蜜の君は素直に手をおろした。

「どうじゃ？　これでよいかえ？」

「は、はい！　もちろんです！」

くらが叫び、りんも何度も頭をさげた。

「ありがとうございます！　すぐにもいで、初音姫様のところに持っていきます！」

そう言って、りんは柿の木に登り、実をもぎ始めた。

それに続こうとするくらを、王蜜の君は呼び止めた。少しためらいがちに切り出した。

「のぅ。……一つ頼みがあるのじゃが」

「なんでしょう？」

「贈る時に、わらわの名も出してほしいのじゃ。これはりんとくらと王蜜の君からの祝いの品と言って、初音姫に届けてほしい。頼めるかえ？」

「え、え？　そ、そりゃもちろんいいですけど」

「よかった。では、そうしておくれ。わらわもな、祝いの品を何にするかで迷っていてのう。初めはわらわが集めている魂をいくつか渡そうかとも思ったのじゃが」

震え上がったように、くらはぶんぶんと首を横に振った。

「それはやめたほうがいいですよ！」

「やはりそう思うかえ？」

「もちろんです！　そういうのを喜ぶのは王蜜の君くらい……あ、いえ、なんでもありません。と、とにかくまかせてください。ちゃんと、柿は連名にして届けますから」

「それを聞いて安堵《あんど》したぞえ。よろしく頼む。……そう言えば、くらよ、そなたが以前つなぎをつけてくれた二匹の子猫のことじゃが」

「あ、はい。銀子《ぎんこ》と茶々丸《ちゃちゃまる》ですね？」

「うむ。さきほど二匹を見てきた。もうそなたよりも大きな猫に育っておったぞえ」

「そりゃよかった！　あ、いえ、な、なによりでございます」

「ふふふ。そうこちこちにならずともよいわ。わらわは眷属にはそれなりに優しいつもりじゃぞ」

笑いかけたところ、くらはおずおずとながら笑いを返してきた。と、何かを思い出したように、目をしばたたかせた。

「あ……」

「なんじゃ？」

「あの……あの家に子猫達を引き取らせるために、王蜜の君の力を借りたい。そう言ってつなぎを頼んできたのは、久蔵っていう人間だったんですけど」

「おお、もちろん知っておる。初音姫の夫となった男じゃ。うむ。猫を助けたいと、わらわに力添えを頼んでくるとは、なかなか健気じゃ。見所のある、よい男よ」

「……それだけ、ですか？」

「それだけとは？」

「いえ……は、初音姫様のお子は男の子でしょうかね？」

とってつけたように話を変えるくら。いぶかしがりつつ、王蜜の君は話にのってやることにした。

「さての。女の子かもしれぬ。どちらにしても楽しみなことよ」

「あはは……こりゃだめだ」

「何がだめだというのじゃ？」

「い、いえいえ、ただのひとり言でございます！」

「そうかえ？　おかしな子じゃ。では、柿のこと、よろしく頼んだぞえ。りん、そなたも息災でな」

「はい。ありがとうございました、王蜜の君！」

懐いっぱいに柿の実を詰めこみながら、りんが嬉しそうに笑いかけてきた。その笑顔を胸に抱いて、王蜜の君は自身の屋敷へ戻っていった。

五

さて、祝いの品探しに奔走《ほんそう》しているのは、何もあやかしだけではない。

太鼓長屋の少年、弥助も真剣に考えていた。

子を預けにやってくるあやかし達から、誰それが何を用意した、何を贈るつもりだという情報はひっきりなしに入ってくる。それらとかぶらない贈り物を考えなくてはならなかった。

「と言っても、俺は金もそんなにないしなぁ。玉雪さんは氷菓子をこしらえて持っていくらしいけど、俺はそういうこともできないしなぁ。うーん。どうしよっかなぁ?」

「そんなの、難しく考えることでもないよ」

悩む弥助に、すぐさま千弥が言った。

「そこらの神社で売っている安産祈願のお守りを買ってきて、渡せばいいじゃないか。あれなら安上がりですむよ」

「うーん。でもお守りやお札は、久蔵がもう山ほど買いこんでいるらしいよ。久蔵だけじゃなくて、久蔵の親父さんやお袋さんもね。いまさら俺が割り込むのも悪いし、お守りの類いはあの三人にまかせるとするよ」

「ふうん。あ、それなら、漬物でもあげたらどうだい？　弥助の漬物は本当においしいから、向こうも喜ぶだろう」

「……千にい。じつは、お祝いなんてどうでもいいと思っていない？」

「さすがにそこまでは思っていないよ。ただ、弥助がそんなに悩むことのほうが心配なだけさ。やっと夏ばてから回復したばかりなんだ。もう少しゆっくりおしよ。だいたい、久蔵さん達もあやかし達も、たくさん贈り物を用意しているのだろう？　悩むくらいなら、いっそ何も贈らなくたっていいくらいじゃないか」

「………」

千弥はまったく当てにできない。

ますます追いつめられた時だった。長屋のおかみさん達がしゃべっているのを、弥助は偶然耳にした。

「ね、久蔵さんのこと、聞いた？」

「知ってる知ってる！　最近、あちこちの長屋に顔を出して、ただで子守をさせてくれって言ってるんだって？」

「そうそう。最初は赤ん坊の抱き方もまるでだめで、むつきを取り替えるのも震え上がっていたそうだよ。でも、最近じゃだいぶ様になってきたって」

「へえ。あの色男が赤ん坊を抱えて、子守ねぇ。あたしゃ信じられないよ」

「ほんとだって。ほら、もうじき子供が生まれるから、自分であれこれ世話を焼きたいんだろうよ。あの人、案外いい父親になるかもしれないよ。所帯をもってからは、遊びの虫もぴたりとおさまっているらしいし」

「ふうん。でも、それってさ、よっぽどおかみさんが怖いってことじゃないかねぇ」

「あ、言えてるかも」

「あはははっ！」

かしましい笑い声を立てるおかみさん達から、弥助はそっと遠ざかった。

まったく。あの笑い声の大きなこと。頭に響いてしょうがない。

だが、いいことを聞いた。久蔵は自分で子守をするつもりらしい。

「それなら……あれにしてやるか」

その日から、弥助はふうふう汗をかきながら、針仕事に精を出すようになった。

「病み上がりなんだから、そんな無理をすることはないよ」

そう言って邪魔してくる千弥をのらりくらりとかわしながら、ちくちくと針を動かす。

作っているのは大人用の半纏《はんてん》だった。それも男用の大きなやつだ。これから冬になって、寒くなる。久蔵は赤ん坊を背負って、その上にこの半纏を着こめばいい。半纏と父親の背中にはさまれて、赤ん坊はぬくぬくと温かく過ごせるだろう。

だが、せっかくだから、もっと特別なものにしよう。

最後の仕上げにと、弥助は自分の半纏をほどき、中から一枚の大きな羽根を取り出した。大鶏、朱刻の羽根だ。手に持つだけで、じんわりと熱が伝わってくる。昔、朱刻の女房《にょうぼう》時津にもらったものだ。これを仕込んだ半纏がどれほど暖かいか、弥助は身をもって知っている。これを仕込んでおけば、赤ん坊が冷えることは決してあるまい。

羽根を作りかけの半纏の背中のあたりに縫いこみ、弥助は想いをこめて針を動かしていった。

そしてようやく出来上がった。

「わ、ずいぶん大きくできちまったなぁ。しくじったなぁ」

「いいんじゃないかい？　どうせ久蔵さんは親馬鹿になるよ。子供が相当大きくなっても、なお抱っこしてあやすのが目に浮かぶ。大きめの半纏のほうが役に立つさ」

「ははは、親馬鹿って、千にいに言われちゃおしまいだね」

さあ、あとは子供が無事に生まれてくるのを待つばかり。

「……俺、久蔵の子供も預かることになるのかな？」

そんなことを思いながら、弥助は出来上がった半纏を丁寧に畳みにかかった。

六

初音姫の陣痛は、葉月《はづき》の満月の夜に始まった。

初めてのお産にもかかわらず、あっけないほどの安産であった。それこそ、産婆役の萩乃が駆けつけるよりも早く、するっと産み落としたのである。待ちわびていた赤子を取り上げることができず、萩乃は地団駄を踏んで悔しがったとか。

だが、皆を驚愕させたのは、生まれてきたのが双子であったことだ。

双子で、しかもどちらも女の子と聞いた時、弥助は大笑いしてしまった。

「あ、あれだけ男の子をほしがってた久蔵に、女の子が二人だなんて！　ああ、やっぱり神様っているんだなぁ」

どんな情けない顔をしているか、拝みに行ってやろう。

お産からひと月ほど経ち、そろそろ初音姫の体調も戻った頃だと見計らい、弥助は一人で久蔵の家に行った。そこで待っていたのは、母となり穏やかで満ち足りた雰囲気に包まれた初音と、赤子達を両腕に抱いてでれでれに笑み崩れた久蔵であった。

なんだこれはと、弥助は目を剝いた。双子の娘の誕生に、さぞ落ちこんでいるだろうと思っていたのに、今の久蔵は、見たこともないほど幸せそうに笑っているではないか。

あっけにとられている弥助に、久蔵は赤子達を見せびらかした。

「こっちが天音《あまね》、で、こっちが銀音《ぎんね》。どうだい？　どっちもすごい美人さんだろう？」

「……う、うん。かわいい子達だね」

「だろう？　もうこの鼻筋とか、口元とか、かわいくってたまらん！　初音にそっくりだよ！」

「ほんとにそれはよかったな」

心から言う弥助に、初音が笑いかけた。

「よかったら、抱いてやってくださいな」

「いいのかい？」

「もちろん。この子達も、もしかしたらそちらで預かってもらうこともあるかもしれませんから」

「それじゃ、ちょっと抱かせてもらおうかな」

ところがだ。手を差し伸べたところ、がっと、久蔵が噛みついてきた。

危ういところで手を引っ込めたものの、弥助は目をつりあげた。

「何すんだよ！」

「そりゃこっちの台詞《せりふ》だよ」

弥助以上に目をつりあげながら、久蔵は不気味に唸った。

「弥助。俺のお姫さん達に寄るんじゃないよ」

「な、なんだよ、それ？」

「かぁ、ぺぺぺ！　野郎は絶対近づかせん！　敵だ敵！」

一方的にまくしたてられ、弥助はあっけにとられてしまった。

と、初音が苦笑いしながら言った。

「許してやってね。この子達が嫁ぐのが今から怖くてたまらないのだそうよ」

「嫁ぐって……まだ赤ん坊だよ？」

「うるせぇ！　赤ん坊だろうとなんだろうと、俺のお姫さん達に男はいっさい近づかせないからね！　ずっとずっと、俺が守ってやるんだ。そういうことだ。肝《きも》に銘じておけよ、弥助！」

「……やっぱり生まれてくるのは男の子のほうがよかったかもな」

がるると唸る久蔵を、弥助はもう相手にしないことにした。初音姫に向き直り、持ってきた半纏を渡した。

「これ。遅くなったけど、お祝い」

「まあ、ありがとう。……半纏？」

「うん。久蔵は子守をする気満々みたいだからさ。冬になったら、子供達を抱いて、これを着こめば暖かいと思って」

嬉しいと、初音は微笑んだ。もともと可憐であった顔立ちに、今は母としての喜びと風格が備わり、いっそう美しくなったようだ。

弥助はまぶしいものを感じながら、さらに言葉を続けた。

「えっと、何か必要なものとかあったら、いつでも声をかけてほしいんだ。赤ん坊達の世話とか、手が足りない時はいつでも言っておくれよ」

「ありがとう。でも、しばらくは大丈夫そう。あの子達のことはあの人がまったく放そうとしないから。それに、むつきもおもちゃも食べ物も、今は山とあるから」

そう言って、初音は奥の座敷を見せてくれた。そこには様々な物が本当に山となって積まれていた。

「うわ、すげえ。これ、全部贈り物かい？」

「そう。今でもあちこちから色々な物が届くのよ。……ありがたいわ。みんなが、あの子達を祝ってくれる。それがなにより嬉しいの」

「そうだね。本当におめでとう。でも、まさか双子とは思わなかったなぁ」

「ふふふ。わたくしもよ。みんなも、慌てふためいていたわ。贈り物がもう一人分必要じゃないかって。そんな気遣いはいらないって、何度も言ったのだけれど……あっ」

「どうかした？」

「……最初から二人分の贈り物を贈ってくれたあやかしがいるの。まるで生まれてくるのが双子だと知っていたかのように」

初音は贈り物の山の中から、小箱を一つ取り出した。中には、柔らかな灰色の羽毛が敷き詰められ、その上にどんぐりで作った人形が二つ入っていた。素朴だがかわいらしい、女童《めのわらわ》人形達だ。

「これって、誰が贈ってきたんだい？」

「それがわからないの。夜にふと鳥の羽ばたきが聞こえて、外に出てみたらこの箱が置いてあったのよ。そのあとすぐにお産が始まったから、箱を開ける暇《ひま》はなかったのだけれど」

「不思議だね。でも……いい人形だと俺は思うな」

「ええ、わたくしも。誰が贈ってきたにしろ、これには想いがこもっている。子供達が大きくなったら、これで遊ばせてあげるつもりよ」

それがいいと、弥助はうなずいた。

帰る間際、弥助はもう一度久蔵のほうを見た。あいかわらずしっかりと赤子達を抱き、べろべろと舌を出して、二人をあやしにかかっている。その妙ちきりんな顔に、弥助は笑った。

「昔は天下の色男って、自分で言ってたくせに。ああなっちまうと、色男も形無しだな」

もっとも、弥助は、久蔵を色男と思ったことは一度もないのだが。

だが、なぜだろう。昔の久蔵よりも、今の久蔵のほうがずっとずっと生き生きとして見える。

「ん？ なんだい？ 俺の顔になんかついてるかい？」

「いや……ひでえ顔になってるなぁと思って」

「なんだとぉ？」

「ま、いいや。初音姫、俺、もう帰るよ。早く帰って、千にいに久蔵のこの体たらくを教えてやらなくちゃ」

久蔵が何か言い返してこようとしたが、その時には弥助は家の外に飛び出していた。

早く家に帰りたい。無性に千弥の顔が見たい。話したいことが胸いっぱいにあふれている。

帰ろう。大事な人のところへ帰ろう。

弥助は走りだした。

著者紹介　神奈川県生まれ。『水妖の森』でジュニア冒険小説大賞を受賞し、2006年にデビュー。主な作品に、〈妖怪の子預かります〉シリーズ、〈ふしぎ駄菓子屋 銭天堂〉シリーズや『送り人の娘』、『青の王』、『白の王』、『鳥籠の家』などがある。

検　印
廃　止

妖怪の子預かります9
妖《あやかし》たちの祝いの品は

2019年12月13日　初版

著　者　廣《ひろ》　嶋《しま》　玲《れい》　子《こ》

発行所　(株)　東京創元社
代表者　渋谷健太郎

162-0814/東京都新宿区新小川町1-5
電　話　03・3268・8231-営業部
03・3268・8204-編集部
URL　http://www.tsogen.co.jp
フォレスト・本間製本

乱丁・落丁本は、ご面倒ですが小社までご送付ください。送料小社負担にてお取替えいたします。

ISBN978-4-488-56511-4　C0193